小学館文庫

勘定侍　柳生真剣勝負〈六〉

欺瞞

上田秀人

小学館

目次

主な登場人物

◆大坂商人

一夜《かずや》……淡海屋七右衛門《おうみやしちえもん》の孫。柳生家の大名取り立てにともない、召し出される。

七右衛門……大坂一といわれる唐物問屋淡海屋の旦那。

佐登《さと》……七右衛門の一人娘にして、一夜の母。一夜が三歳のときに他界。

喜兵衛《きへえ》……淡海屋の大番頭。

幸衛門《こうえもん》……京橋で味噌《みそ》と醤油《しょうゆ》を商う信濃屋《しなのや》の主人。三人小町と呼ばれる三姉妹の父。

永和《とわ》……信濃屋長女。妹に次女の須乃《すの》と、三女の衣津《いつ》がいる。

◆柳生家《やぎゅう》

但馬守宗矩《たじまのかみむねのり》……将軍家剣術指南役。初代惣目付《そうめつけ》としても、辣腕《らつわん》を揮《ふる》う。

十兵衛三厳《じゅうべえみつよし》……柳生家嫡男《ちゃくなん》。大和国《やまとのくに》柳生の庄に新陰流《しんかげりゅう》の道場を開く。

左門友矩《さもんとものり》……柳生家次男。刑部少輔《ぎょうぶしょうゆう》。小姓《こしょう》から徒頭《かちがしら》を経て二千石を賜る。

主膳宗冬《しゅぜんむねふゆ》……柳生家三男。十六歳で書院番士となった英才。

武藤大作《むとうだいさく》……宗矩の家来にして、一夜の付き人。
素我部一新《すがべいっしん》……門番にして、伊賀忍。
佐夜《さよ》……素我部一新の妹。一夜が女中として雇っている。

◆幕閣

堀田加賀守正盛《ほったかがのかみまさもり》……老中。武州川越《ぶしゅうかわごえ》三万五千石。
松平伊豆守信綱《まつだいらいずのかみのぶつな》……老中。武州忍《おし》三万石。
阿部豊後守忠秋《あべぶんごのかみただあき》……老中。下野壬生《しもつけみぶ》二万五千石。松平伊豆守信綱の幼なじみ。
秋山修理亮正重《あきやましゅりのすけまさしげ》……惣目付。老中支配で大名・高家《こうけ》・朝廷を監察する。四千石。
望月土佐《もちづきとさ》……甲賀組与力組頭。甲賀百人衆をまとめる。

◆江戸商人

儀平《ぎへい》……柳生家上屋敷近くに建つ、荒物を商う金屋《かなや》の主人。
総衛門《そうえもん》……江戸城お出入り、御三家御用達《ごようたし》の駿河屋《するがや》主人。材木と炭、竹を扱う。

勘定侍　柳生真剣勝負〈六〉　欺瞞

第一章　価値を作るもの

一

駿河屋総衛門《するがやそうえもん》は、江戸でも指折りの大店《おおだな》である。

その商いは、炭、材木、竹を主としているが、その他にも客の求めに応じて手配をすることもあった。

「旦那《だんな》さま、上方《かみがた》よりお荷物が届きましてございまする」

駿河屋の番頭が怪訝《けげん》な顔で報告に来た。

「来たか。ここへ運びなさい」

「淡海屋《おうみや》さま宛になっておりますが」

主《あるじ》の指示に番頭が困惑した。

「かまわないよ。淡海屋さんとの話はできているからね」

駿河屋総衛門が、番頭に告げた。

「はい」

これ以上番頭の身では口出しできない。一度下がった番頭はすぐに荷物を持って戻ってきた。

「薦《こも》と荒縄はこちらで解《ほど》きましてございまする」

番頭が差し出したのは、両手で抱えるほどの大きさの木箱であった。

「よくしてくれた」

褒めながら、駿河屋総衛門が箱を受け取った。

「意外と重いな」

駿河屋総衛門が思わず漏らした。

「大丈夫でございますか」

番頭が助けの手を出そうとした。

「大事ないよ。ご苦労だったね」

ねぎらいの言葉をかけて、駿河屋総衛門が番頭に手を振った。

「わたくしは、これにて」

番頭が出ていった。

「では、拝見するとしましょうか」

一人になった駿河屋総衛門が箱を開けた。

「桐箱《きりばこ》が……全部で五つ」

駿河屋総衛門が一つを手に取った。

「……これは伊万里焼《いまりやき》でしょうか。肌がなんともなまめかしい。青で書かれているのは松でしょうかね」

最初に取り出した桐箱のなかには白地に釉薬《ゆうやく》がしっかりとかかった茶碗《ちゃわん》が入っていた。

「書付がありますね」

箱の底に折りたたんで仕舞われていた紙を駿河屋総衛門が広げた。

「伊万里焼、小溝窯《こみぞがま》、茶碗。元値八十五両、出所、鍋島《なべしま》藩士大坂蔵屋敷用人格水淵源《みずぶちげん》座右衛門《ざえもん》」

簡潔に書かれた内容を駿河屋総衛門が確認した。

「次のは……備前《びぜん》だな。この重厚さは凄《すさ》まじいまでだが、思ったよりも軽い。これはよほどの手による銘品だな。伊部北《いんべきた》と推察されているな。出は姫路《ひめじ》藩蔵屋敷内海主膳《うつみしゅぜん》、買値五十二両三分」

次の来歴も駿河屋総衛門が確認した。

「ふむう」

駿河屋総衛門が腕を組んで思案に入った。

「これをどうすればよいのかの」

ため息を吐《つ》いた駿河屋総衛門が箱の底に手紙が残っていることに気づいた。

「……淡海屋七右衛門《しちえもん》さまの書状」

署名を確かめて、駿河屋総衛門が書状に目を落とした。

「孫一夜《かずや》がいかい世話になっておるとのよし、深く感謝いたしまする。これらはご挨拶の品、お収めくだされば幸いでございまする。なお、このこと一夜にも言い聞かせますれば、ご懸念なく」

駿河屋総衛門が内容を理解して、難しい顔をした。

「なんともまた、厳しい試しを仕掛けてくれる。ふふふ、やって見せましょうぞ」

一代で江戸を代表する豪商に成り上がった駿河屋総衛門である。口の端を吊《つ》りあげて、淡海屋七右衛門の挑戦を受けた。

「ちょっと出かけてくるよ」

五つの箱のなかから二つを風呂敷に包んだ駿河屋総衛門が、店を出た。

「どちらまで」

大店の主が一人で出歩くことはなかった。お供を務める小僧が問うた。

「日本橋《にほんばし》の江戸屋《えどや》さまに行く」

「前触《さきぶれ》をいたしましょうか」

行き先を聞いた小僧が尋ねた。

「そうだね。江戸屋さまが見えたら、前触にいってもらおうか」

駿河屋総衛門が告げた。

江戸屋は呉服商として、日本橋に店を構えていた。

「直接お見えとは驚きましたな」

駿河屋総衛門を出迎えた江戸屋の主が笑った。

「お忙しいとは存じておりまするが、是非とも最初に江戸屋さまに見ていただきたく、参上いたしました」

「わたくしに見せたいものとはなんでございましょう」

江戸屋の主が早速に訊《き》いてきた。

「こちらでございまする」

駿河屋総衛門が風呂敷を解き、なかの箱をお披露目した。

「古い色の付いた桐箱でございますな。中身は」

「こちらでございまする」

許可を取るまで手をださないのが決まり、江戸屋の主が箱の中身を問うたのに、駿河屋総衛門が応じた。

「茶碗でございますな。これをなぜ駿河屋さんが」

箱から出てきたものを見て、江戸屋の主が目を大きくした。

「このたび、こういったものも扱うことにいたしまして」

駿河屋総衛門が微笑《ほほえ》んだ。

「これらを駿河屋さんが……」

もう一度江戸屋の主が茶碗をしっかりと観察した。

「……銘品でございますな。これだけの目利きができるとは、駿河屋さんも侮れませんな」

江戸屋の主が感心した。

「いえ、目利きはわたくしではございません。最近、当家にお出入りくださるようになりましたお方の仕事で」

「ほう、それは得がたいお方を」

駿河屋総衛門の答えに江戸屋の主が目を細くした。

「これをわたくしにお譲りくださると」

「はい、江戸屋さまならば、お任せできると」

質問した江戸屋の主に駿河屋総衛門が販路は持っているだろうと暗に述べた。

「おいくらでお譲りいただけますかな」

江戸屋の主が値を尋ねた。

「伊万里焼が百七十両、備前が百五両でお願いできれば」

元値の倍を駿河屋総衛門が付けた。

「…………」

値段を聞いた江戸屋の主が腕を組んだ。

「…………」

急《せ》かすのは商いとして無礼になる。江戸屋の主が反応するまで駿河屋総衛門も沈黙を保った。

「駿河屋さん」

少しして、江戸屋の主が口を開いた。

「はい」

駿河屋総衛門が江戸屋の主と目を合わせた。

「値付けは妥当だと思いますが、買い手を見つけるのに少し手間取りましょう。その間、お金を寝かすことになります。その分の利を考えていただきたい」

値引きを江戸屋の主が要求した。

「このてのものなら、江戸屋さまと考え、いの一番にお持ちしたのですが……ご縁はないようでございますな」

すっと駿河屋総衛門が引いた。

「なっ……」

あっさりとした駿河屋総衛門の対応に、江戸屋の主が唖然《あぜん》とした。

「お邪魔をいたしました」

ふたたび風呂敷に包みなおして、駿河屋総衛門が江戸屋の主に辞去を告げた。

「お待ちを」

腰をあげた駿河屋総衛門を江戸屋の主が止めた。

「まだなにか」

駿河屋総衛門が首をかしげて見せた。

「その茶碗をどうなさるおつもりか」

「お断りになった商品をどういたそうが、わたくしの勝手と言ってしまえば、終わりでございますな。もちろん、わたくしは商人《あきんど》、売りまする」

訊かれた駿河屋総衛門が告げた。

「誰に……」

「袋井屋《ふくろいや》さまをお訪ねしてみるつもりでございます」

「神田《かんだ》の袋井屋さんかの」

「はい」

確かめた江戸屋の主に、駿河屋総衛門がうなずいた。

袋井屋は神田で人足の斡旋《あっせん》をする口入れ屋を営んでいる。人足だけでなく、女中や奉公人なども扱っているだけに、袋井屋の顔は広い。

「わかりました。先ほどの値段で買わせていただきましょう」

江戸屋の主が折れた。

「お断りをいたしましょう」

立ったままで駿河屋総衛門が拒んだ。

「なにをっ」

「商機というのは、一度逃せば二度と手に入りませぬ。江戸屋さまはわたくしの持ちかけた商いにご不満でございました。当然、わたくしも値付けを貶《けな》されていい気はいたしておりませぬ。今回は上方からこういった銘品を譲ってもらう伝手《つて》ができましたので、おつきあいのある江戸屋さまにまずはと思って参った次第」

「偶然手に入れたというわけではないのか」

駿河屋総衛門の発言に江戸屋の主が言葉遣いを乱すほど動揺した。

「はい。上方で目利きとして鳴らした淡海屋七右衛門さまとお付き合いができまして、江戸へお持ち込みになる唐物《からもの》などをすべて預けていただくことに」

「淡海屋七右衛門だとっ」

知る人ぞ知る道具の目利きとして有名な淡海屋七右衛門の名前に、江戸屋の主が驚愕《きょうがく》した。

「上方で名のある品はまず淡海屋にと言われている、あの淡海屋七右衛門と付き合いが……」

「少し縁がございまして」

駿河屋総衛門が淡々と言った。

「銘品というのは淡海屋七右衛門でもそうそう手に入るものではない。それを二つも……」

「五つでございますよ」

「……ひっ」

江戸屋の主が息を呑《の》んだ。

「まず西国で銘品と呼ばれるものが江戸へ入るには、淡海屋七右衛門さまの手配りがなければ難しいでしょうなあ。ああ、関ヶ原《せきはら》以東は淡海屋さまも手出しなさいませんでしょうが」

「馬鹿な……」

述べる駿河屋総衛門に江戸屋の主が絶句した。

少し目先の見える商人は、天下が乱世から泰平へと変わったことをわかっている。となると、昨日まで高値の付いた名槍《めいそう》や銘刀が値下がりし、代わって興味を向けられていなかった茶道具や書、絵画に人気が出るとも理解している。

その表れとして、大名同士の会合は茶席が増えてきていた。

見栄を張るのが大名の性《さが》、今までは明珍《みょうちん》の兜《かぶと》でござるとか、備前長船《びぜんおさふね》の太刀《たち》を手に入れましてとやっていたのが、茶道具と入れ替わっていく。

「唐《もろこし》より伝来の茶碗、ようやく手に入れましての」

「千利休《せんのりきゅう》が自ら削《そ》いだ茶杓《ちゃしゃく》でござる」

銘品、珍品を見せびらかす。

「お見事な……」

「いや、逸品でござるの」

招かれた方は褒めて帰るが、

「不愉快なり」

「わざとらしい、自慢を」

不満が溜《た》まる。

その不満を解消するには、ただ一つ、見せびらかされたもの以上の品を手に入れて、逆に見せつけるしかなかった。

「よいものを持って参れ」

こうして出入りの商人に、大名の無理強いが出される。

「……困った」

江戸はまだ開発の途中で、とてもそういった道楽の品を商う余裕はない。

「手に入りませぬ」

「上方まで買い付けに参りますので、しばしのご猶予を」

こう言おうものならば、辛抱のできない武家など、

「役立たずが。もうよい、出入りは差し止める」

御用商人から外されるのはたいしたことではないが、注文した品を手配できない役

立たずな商人という評判が立つのはまずかった。

「なんとかせねば」

江戸屋の主が焦り始めたところに、偶然駿河屋総衛門が銘品を持ちこんだ。

これ幸いと商いをしようとして、江戸屋の主は値切るという失敗をした。

もちろん、値切りは商人として当たり前の行為であり、言い値で買うようでは店を大きくはできない。ただ、それでもしてはいけない値切りがあった。

一つは職人が精魂をこめた作品である。これを値切れば、職人のやる気を削ぐし、生活が難しくなり、作業に集中できなくなる。下手《へた》をすれば、いいものよりも、手を抜いて数を作るといった向上心のない職人に落ちる。職人の作ったものは、それにふさわしい価値を付ける。こうすることで職人は次の作業に専念でき、よりよい作品を生み出す。名職人を育てる。それが商人の役目であった。

もう一つが、一つしかない、あるいはそうそう手に入らないものである。これを値切るというのも銘品の値打ちを下げる行為でしかなく、次の売値にも響く。値切って買ったものを高値で売る。たしかに商人の腕の見せどころだが、なにかのひょうしで値切ったことがばれたとき、その商人の信用はなくなる。

「銘品は値付けを売り買いで決めていくもの。今は百両でも、次は百二十、百五十と上がっていく。これは銘品が無事である限り続いていく。その最初の値付けをわたくしと江戸屋さんで決めようとしたのでございますが、江戸屋さま、あなたはそれを一度目で傷つけた。そのようなお方と取引ができますか」

冷たく駿河屋総衛門が断じた。

「悪かった」

「一度崩れた信用をもとに戻すには何年もかかりまする。とりあえず、お付き合いはこれまでとさせていただきまする。では、ごめんを」

駿河屋総衛門が江戸屋の主に決別を言い渡した。

「…………」

一人残った江戸屋の主が、悄然《しょうぜん》と見送った。

二

駿河屋総衛門は、江戸屋を出た後、その足で老中堀田《ほった》加賀守正盛《かがのかみまさもり》の屋敷を訪ねた。

「そなたが駿河屋か」

初めてではあったが、名前を聞いた堀田加賀守が駿河屋総衛門に目通りを許した。

「お初にお目にかかりまする。薪炭《しんたん》を扱っておりまする駿河屋総衛門と申しまする」

「……顔をあげよ」

平伏して名乗った駿河屋総衛門に堀田加賀守が言った。

「ご無礼をいたしまする」

駿河屋総衛門が背筋を伸ばした。

「ふむ。よき面構えよな。淡海から話を聞いている。干物を手配したのは、そなただそうだな」

堀田加賀守が苦笑した。

柳生宗矩《やぎゆうむねのり》が大名になった祝宴を催すとなったとき、家光《いえみつ》の寵愛《ちようあい》を争った柳生家次男左門友矩《さもんとものり》への恨みから、祝い膳《ぜん》に欠かせない鯛《たい》や海老《えび》などを柳生家が手に入れられないようにと堀田加賀守は手配した。

柳生家に、祝い膳に魚がないという恥を掻《か》かせようとしたのだが、その堀田加賀守の策を、一夜は干物を手配することで防いだ。

　その干物を用意したのが駿河屋総衛門であった。

　大名の祝い膳にふさわしいだけのものとなれば、干物でもそうそう手に入らない。金でどうにかなるというものではなく、商いでの貸し借りでもなければまず無理である。しかも、祝いの少し前での手配なのだ。なまはんかな魚屋くらいでどうにかなるものではなかった。

「ご存じでございましたか」

「淡海を呼びつけ、祝宴のことを聞き出したときに、江戸一の商人だと褒めていたのでな」

「それはまた」

　駿河屋総衛門が驚いた。

「いや、謙遜をするな。一目でわかったわ。淡海が言うだけのことはある」

「畏《おそ》れ多いことでございまする」

　高評価を受けた駿河屋総衛門が手を突いた。

「そなたの用件に入る前に、少し話をしたいがよいか」

「わたくしでよろしければ」

堀田加賀守の求めに駿河屋総衛門が承知した。

「そなた、淡海をどう見る」

「淡海さまでございますか……」

問われた駿河屋総衛門が少し考えた。

「遠慮は不要、言葉も飾るな」

率直な意見を寄こせと堀田加賀守が釘《くぎ》をさした。

「一年先のお武家さまかと」

「……ほう、一年先の武家か。今ではないのだな」

堀田加賀守が駿河屋総衛門の評に目を大きくした。

「はい。今のお武家さまは混乱なさっておられまする。どうすれば家を保てるか、それがわかっておられませぬ。しかし、淡海さまは、これから先、お武家さまが行かれる道をすでに進んでおられまする」

「金か」

「さようでございまする」

確かめた堀田加賀守に駿河屋総衛門が首を縦に振った。

「武士が金を稼ぐか」

堀田加賀守が腕を組んだ。

「金がなければ、戦《いくさ》はできませぬ」

「……たしかにそうなのだがの。誇り高い武士に商人のまねをさせるのは……」

戦場で命を懸けて禄《ろく》を得てきた武士は、ものを右から左へ移すだけで金を稼ぐ商人のことを、命を惜しむ輩《やから》として見下していた。

「ならば滅びればよろしいかと」

「…………」

あっさりと言った駿河屋総衛門を堀田加賀守が睨《にら》んだ。

「武士を滅ぼすと申すか」

「滅ぼすなどとんでもございませぬ。滅ぶのでございまする」

低い声を出した堀田加賀守に、駿河屋総衛門が違うと手を振った。

「滅ぶ、自ら滅びの道を歩むと言うのだな」

「…………」

さすがに幕府老中を相手に武士の世は終わるとの肯定はしにくい。駿河屋総衛門は黙った。

「無言は認めたと同じぞ」

堀田加賀守が駿河屋総衛門を咎《とが》めた。

「わたくしはなにも申しておりませぬ」

駿河屋総衛門が首をかしげた。

「まったく、淡海とよく似ている」

堀田加賀守が苦笑した。

「余も執政《しっせい》の一人じゃ。今のままでよいとは思ってはおらぬ」

小さくため息を吐きながら、堀田加賀守が続けた。

「大名や旗本のなかには、年貢や禄だけでやっていけず、借財を重ねている者もいる」

「いらっしゃいます」

駿河屋総衛門がうなずいた。

「金を借りるというのは、弱みを握られると同義である。卑しいと見下している商人に頭を下げることになる」

「わたくしどもも、そこは商人、金を出せと言われてなにもなく貸すほどお人好《ひとよ》しではございませぬ」

苦い顔をした堀田加賀守に駿河屋総衛門が告げた。

「それはまずいのだ」

「御上《おかみ》のお考えに沿いませぬ」

「そうじゃ。幕府は公方《くぼう》さまを頂点に、武家、その他という山の形を維持するためにある」

駿河屋総衛門の答えを堀田加賀守が認めた。

「金は大事じゃ」

「大事でございまする」

「しかし、武士にとって金よりも米が大事じゃ」

堀田加賀守が述べた。

「一所懸命でございましたか」

「それよ。武士はもともと荘園を守るために生まれたもの。土地への執着は骨身に染みついておる」

駿河屋総衛門の言葉に、堀田加賀守が応じた。

「土地から米を年貢として取り、それを売れば金になる」

「それよ」

堀田加賀守が駿河屋総衛門の発言に手を叩《たた》いた。

「米さえあれば、金は手に入る。足らなければ、年貢を四公六民から五公五民、六公四民とあげればいい。そう思う者が多いのだ」

大きく堀田加賀守が息を吐いた。

幕府は四公六民としている。譜代大名、知行所持ちの旗本もそれに合わせている。だが、外様《とざま》大名は違った。

さすがに甲州《こうしゅう》武田《たけだ》家が織田信長《おだのぶなが》に追い詰められた末期、八公二民という苛政《かせい》を布《し》いたというほどではないが、今でも外様大名のなかに、六公四民は当たり前のようにいる。

「…………」

もう一度駿河屋総衛門が黙った。

「遠慮するな」

堀田加賀守が思うところを口にしろと促した。

「滅びましょう」

駿河屋総衛門が同じ答えを言った。

「ああ。滅びるだろう。百姓とはいえ、生きている。八公二民で食べていけるはずなどない。そうなれば飢え死にするよりましと百姓どもも蜂起しよう」

「そこだけで終わればよろしゅうございますな」

「怖いことを申すなよ」

冷静な駿河屋総衛門に堀田加賀守が苦い笑いを浮かべた。

百姓一揆《いっき》というのは、苛政をおこなっているところが火種になるが、君臨するだけでなにもしてくれない武士への不満は他のところにもある。そちらへ飛び火すれば、あっというまに一揆は拡《ひろ》がる。

「かつての一向宗《いっこうしゅう》のようなことにはさせぬ」

執政としての気迫をもって堀田加賀守が宣《せん》した。

織田信長を散々苦しめたことで有名な一向一揆だが、徳川《とくがわ》家にも祟《たた》っている。

まだ徳川家康《いえやす》が松平元康《まつだいらもとやす》と名乗っていたころ、今川《いまがわ》の支配から脱したばかりの三《み》河《かわ》で、一向一揆が起こった。もとは家康が一向宗の寺院の特権であった守護不入、寺のやることに口だしをしないとの約束を破ったことが原因であった。

「仏敵」

家康に三河の一向宗が敵対した。そのなかには家康の家臣もいた。なんとか和睦することで収めたが、一事は家康も命の危機を覚えるほどであった。

「とはいえ金は要《い》る」

堀田加賀守が宣した。

「これから先、武士も金を稼がねばなるまい。米だけに頼るのはまずい」

「ご賢察でございまする」

駿河屋総衛門が頭《こうべ》を垂れた。

「その先駆けが淡海か」

「はい」

「一年先……その一年の差は埋められるか」

堀田加賀守が問うた。

「無理でございましょう」

強く駿河屋総衛門が否定した。

「勘定奉行に抜擢《ばってき》してもか」

「他のお役人の手で、潰《つぶ》されるだけでございまする」

堀田加賀守の提案に駿河屋総衛門が頭を横に振った。

「であろうな」

「なにより柳生家が許しますまい」

駿河屋総衛門が最大の障害を告げた。

一夜は柳生家の一門になることを拒んで淡海の姓を名乗っている。つまり、一夜は柳生家の家臣で陪臣《ばいしん》である。そして、いかに将軍といえども、陪臣を直接召し出すことはできなかった。なぜならば、武士は主君に尽くすものという幕府の根本を崩すことになるからであった。いかに将軍の声掛かりといえども、それを受けてしまえば忠義を取り消すことになってしまうからだ。

「公方さまのお望みでもか」

「形だけは受けましょう。ですが、柳生は淡海さまを手放しませぬ」

「どうやって連絡を取るつもりだ。旗本になれば、屋敷も与えられるし、家臣団も抱えることになる。いかに柳生宗矩が実父だといったところで、勘定奉行という多忙を極めるお役目の邪魔はできまい」

堀田加賀守が疑問を呈した。

「柳生さまのお血筋には変わりませぬ。柳生新陰流《しんかげりゅう》を学ばせるというために屋敷へ来させると申し立てられれば、御上といえども止めることは難しゅうございましょう」

駿河屋総衛門が述べた。

幕府はその設立のとき、天下に埋もれていたかつての名門を召し出した。名門の血筋が絶えるのは惜しいという理由で、古河《こが》公方の末裔《まつえい》であった足利国朝《あしかがくにとも》の弟頼氏《よりうじ》を四千五百石で大名格とした。足利国朝を探し出したのは豊臣秀吉《とよとみひでよし》だが、名家として格別な扱いをしたのは徳川家康であった。

これは名家の衰退を惜しむという表向きの理由ではなく、かつての名門も徳川家の臣下にすぎないのだという意味が大きい。

足利家はその名字からもわかるように、室町《むろまち》幕府の将軍の分家になる。いわば徳川家における御三家と同様、本家に跡継ぎがいなくなったとき、人を出して将軍となることができる家柄なのだ。その足利家を家臣にする。徳川は室町将軍よりも上であると見せつけるために召し出したのであった。

その証拠に足利喜連川《きつれがわ》家は大名格、それも十万石国主格を与えられておきながら、石高は五千石ていどである。ようは、徳川にとって足利は置物ていどの価値しかなく、さらにそれ以上の立場に引きあげるつもりはない。

それと同じように徳川家は家業を受け継いでいる家系を保護している。医術の今大路《いまおおじ》、大工の中井《なかい》などがそうである。もっとも、だからといってかならずしも将軍が重用《ちょうよう》するとは限っていなかった。医術の今大路は典薬頭《てんやくのかみ》という医者を束ねる役目を任せられてはいたが、実際に将軍の脈を取ったことはなかった。名門が名医である、名工であるとはかぎらないと幕府はわかっていた。

とはいえ、家業を保護するという姿勢は取っている。まさか、将軍家剣術指南役の柳生の家業である剣術は別だというわけにはいかない。

「公方さまにお仕えするならば、武芸もできねばなりませぬ」

建前を持ち出されては幕府も文句は言えなくなる。

「役目に支障が出る」

稽古が激しすぎて、勘定奉行の仕事に遅滞が出ると苦情をつけでもしたら、

「まだまだ一夜は未熟。とても大役を務めるには至っておりませぬ。お役目を辞させていただきたく」

柳生宗矩は平然と言い返す。

実際、家光の寵愛を受けて徒頭《かちがしら》に抜擢された次男の柳生左門友矩を病気療養という名目で、辞任させただけでなく、国元に送り返して幽閉している。

「やりかねぬな」

家光の寵愛を奪った左門友矩のときは、喜んで辞任の手助けをした堀田加賀守だが、一夜の場合は違った。

「左門友矩を二度と江戸へ返さぬよういたしましょう」

一夜にとって柳生は敵である。

柳生宗矩の一夜妻だった母が懐妊してから二十一年、一切の連絡をしてこなかったくせに、柳生家が大名になって勘定方が要るとなれば、一門として呼び出して、無給でこき使おうとした。

「ただ働きはせえへん」

柳生の名前なんぞ不要だと拒否し、百石の勘定頭となった一夜は、すぐに家政改革に動いた。

だが、そのやり方に反発する柳生家の者たちにあきれかえった。なにせ、その一夜の足を引っ張る者の中央に異母兄の柳生主膳宗冬《しゆぜんむねふゆ》がおり、さらに父の柳生宗矩も一夜の援護をするでもなく、使い潰した後は捨てるつもりなのだ。

わかっていればこそ、一夜は柳生家に対抗する力を持つ堀田加賀守に近づいた。

「それもわかったうえでのことか、淡海の行動は」

「おそらく」

堀田加賀守の問いに駿河屋総衛門が首肯《しゆこう》した。

「敵に回したくない男よな」

「ぜひとも身内に欲しいお方でもございますが」

ため息を吐いた堀田加賀守に駿河屋総衛門が応じた。

三

淡海屋七右衛門が難しい顔をして、腕を組んだ。

「……認められへんなあ」

少し間を置いて、淡海屋七右衛門が絞り出すように言った。

「あきまへんか」

肩を落としたのは、上方で味噌《みそ》や醬油《しょうゆ》を取り扱う信濃屋《しなのや》の長女永和《とわ》であった。

「いくら一夜の心配してくれても、若い女子《おなご》はんを江戸まで行かすわけにはいかへん。なにかあったら、幸衛門《こうえもん》はんに詫《わ》びることもでけへん」

淡海屋七右衛門は、一夜のいる江戸へ行きたいと願った永和へ首を振って見せた。

「ご迷惑はかけまへん」

永和がねばった。

信濃屋も上方では知られた大店である。娘の旅路の警固に不足するはずはないが、それでも絶対はなかった。

ようやく戦国を終わらせた大坂夏の陣のあと、天下は落ち着いた。たしかに徳川家が江戸で幕府を開いたことで、戦はなくなった。

その代わり、武士が余った。関ヶ原の合戦で豊臣に味方した大名はもちろん、徳川に付いた大名も幕府は遠慮なく取り潰している。

幕府にしてみれば抵抗勢力となり得る連中を片付けているだけだが、潰されたほうはたまったものではない。なにせ、潰された大名家の家臣たちは、いきなり禄を奪われて牢人《ろうにん》に落とされるのだ。

高名な牢人はまだいい。

新たな仕官先がある。

「是非とも当家に」

だが、牢人のほとんどは誇れるような手柄もなく、必死で仕官先を探すが、武士の仕事場である戦場がなくなっている。それをもっともわかっているのが、直接徳川に臣従した大名であった。

幕府は大名が力を持つのを認めていない。

ここで無駄に家臣を増やせば、それは幕府に叛意《はんい》ありと取られかねない。躬《み》を飾る衣服と同じように自慢するために高名な牢人を雇うとは話が違ってくる。

まさに世は牢人が溢《あふ》れていた。

「金を出せ」

そんな牢人がなにをして生きていくか。

帰農する者がほとんどだが、なかには地道に働くことを嫌がる者も出てくる。そういった連中は、腰の刀を利用して斬り取り強盗に落ちる。

大坂や江戸のように、町奉行所がしっかりと機能しているところはまだましだが、いろいろと領地の境目などが絡み合う街道筋ともなると抑止が働かず、牢人たちが跳《ちょう》梁跋扈《りょうばっこ》している。

なにより悪いのは、そういった斬り取り強盗が、徒党を組んでいることだ。

牢人も法度を犯していることはわかっている。捕吏に狙《ねら》われているのも知っている。そして獲物である金のある旅人が警固を連れていることも理解している。

こういった条件を乗りこえ、旅人の懐《ふところ》から金を奪うには、それ以上の武力を持つしかない。

下手をすれば、十人からの牢人が徒党を組んで襲ってくる。そうなれば、同じ数だけの警固がいたとしても、足手まといになる女を連れての防戦は難しい。

淡海屋七右衛門が首を横に振るのも当然であった。

「街道筋を参りまへん。船で江戸へ行こうと思います」

永和が船旅だと言った。

「船かあ……」

淡海屋七右衛門が思案した。

上方から江戸への船は多い。西宮《にしのみや》の酒を積んだ船、西国の米を江戸へ届ける船、京の織りもの、丹波《たんば》の陶器などを運ぶ船と毎日出ている。

海賊がいないわけではないが、せいぜい数隻《せき》の小早《こはや》を使った小規模なものである。

これは徒党を組むような大規模な海賊は、上方と江戸を繋《つな》ぐ海路を使えなくするため、沿岸の領主だけでなく、幕府も討伐の軍勢を出すからであった。

「船子一枚下は地獄やと言うで」

大坂の言い回しで船子とは船底のことだ。つまり、わずか板一枚の差で、溺死《できし》という恐怖があるという意味であった。

「梅雨と秋口を避ければ、まず海が荒れることはおまへん」

永和が冷静に言い返した。

「しかしやなあ……」

「お爺《じい》はん」

まだ渋る淡海屋七右衛門に永和が真剣な眼差《まなざ》しを向けた。

「あのまま一夜はんを一人で江戸に置いといて、よろしいんか」

「…………」

永和に言われた淡海屋七右衛門が気まずそうに黙った。

「あの佐夜《さよ》はんには別の思惑もありそうですけど、それでも江戸から大坂まで来るだけのもんを一夜はんから受けたんと違いますか」

「気づいていたんか」

「女《おなご》の勘を甘うみるのは、あきまへんえ」

驚いた淡海屋七右衛門に永和が告げた。

「一夜から手を出すことはない。それは保証する」

淡海屋七右衛門が断言した。

「女には最終の手立てがおますけど」

永和が口の端を吊りあげた。

「それは……」

「お爺はん」

唖然とした淡海屋七右衛門に永和が姿勢を正した。

「男はんは、口出ししたらあきまへん。それがたとえ一夜はん唯一のお身内でも」

永和が淡海屋七右衛門を制した。

「女の戦いですねん、これは」

永和が宣した。


一夜は柳生十兵衛三厳《じゅうべえみつよし》と別れた後、柳生家の屋敷へと足を向けた。

「いてるかな」

屋敷近くまで来たところで、一夜は歩みを止めた。

「素我部《すがべ》はん」

蚊の鳴くような声で一夜が呼んだ。

「…………」

一夜はその一言だけで、黙って待った。

「……淡海」

十数えるくらいで柳生家の門番で伊賀忍《いがにん》でもある素我部一新《いっしん》が一夜の前に現れた。

「なにをしている。どういう状況にあるかくらいはわかっておろう」

「首に縄を付けてもこいつ連れてこいっちゅうところやろ」

忍《しの》びらしくなく顔色を変えた素我部一新に、一夜が笑った。

「阿呆《あほ》やな」

一夜が笑いを消した。

「吾《われ》も見過ごせぬのだぞ」

素我部一新が一夜を捕まえると言った。

「やったらええねん。その代わり、明日、柳生家はなくなるで」

一夜の声が低くなった。

「御老中さまか」

堀田加賀守によって捕縛された後、一夜の願いで放免された素我部一新が苦い顔をした。

「ちょっと使いを頼まれて欲しゅうてな」

一夜が重い雰囲気を一瞬で消した。

「吾になにをさせる気だ」

素我部一新が一夜を警戒した。

「そう気を張りな。噛《か》みつくわけやないで」

一夜が苦笑した。

「おぬしはなにをしでかすか、わからぬのでな」

ようやく素我部一新も普段の調子を取り戻して、あきれた。

「まあ、どっちにせよ、あんまりときをかけてられへん。おまはんは加賀守はんを見てる。あのお方がどれだけ怖いかを知っているけど、他の有象無象はそれをわかってへん。わかってへんというより、いつでも加賀守はんくらいなら殺せると軽く見ている」

「……たしかに」

一夜の批評を素我部一新は認めた。

「刀よりも強いものがあるとわかってへん」

今度は一夜があきれた。

「まあ、そのうち痛い目を見るやろう」

一夜が冷たく言った。

「さて、伝言やけどな。ご当主さまにだけ聞かせてや。決して馬鹿息子の耳に入らんように気をつけてや」

「わかっている」

一夜の念押しに素我部一新が首肯した。

「近く、左門はんに巡見使が命じられるで」

「なっ」

なにを言われるかと身構えていた素我部一新が動揺した。

「わたいが加賀守はんへ上申した」

「なぜそのようなことをした」

顔色を変えて素我部一新が一夜に迫った。

巡見使は将軍の名代として、各地の大名領に送られる。基本、幕府領の代官は目附《めつけ》が担当なのだが、巡見の途中で立ち寄ったという形を取ることで監察することもできる。どちらにせよ、その領国、領地の治政を検《あらた》め、妥当かどうかを判断し、江戸へ報告する。江戸から動くことのない惣目付《そうめつけ》と違って、直接九州でも奥州《おうしゅう》でも足を運ぶだけに、実態をよく把握できた。もちろん、将軍の代理であるため、その権は大きく、大名を下座に控えさせ、金蔵でも武器蔵でも開示させることができた。

「簡単なことや。これ以上左門はんを柳生の荘に閉じこめておくのはまずい」

「……うっ」

一夜の言葉に素我部一新が詰まった。

「当主の次男で公方さまの寵臣《ちょうしん》、山城《やましろ》の国において二千石を賜《たまわ》る旗本やで、左門はんは。たしかにちぃと面倒な性格やけど」

左門友矩との試合を思い出した一夜が身を震わせた。

「そろそろ左門はんが暴れるか、抜け出すで」

「それはできまい。柳生と伊賀が見張っている」

一夜の危惧《きぐ》を素我部一新が否定した。

「まじめに言うてんのか」

「どういうことだ」

「柳生も伊賀も人や。人に鬼が押さえられるか」

舐《な》められたと感じたのか気色《けしき》ばんだ素我部一新に一夜が真顔で訊いた。

「鬼……」

「節分の豆で逃げ出すような鬼と違うで。左門はんは地獄の獄卒《ごくそつ》でも逃げ出す、鬼のなかの鬼」

「それでも……」

「おまはん、最後に左門はんを見たのはいつや」

頑固に言い張ろうとする素我部一新に一夜が尋ねた。

「伊賀から江戸へ出てくる前だから二年になる」

「二年……武士は三日会わざれば刮目《かつもく》して見よというけど、その何倍や」

答えた素我部一新へ一夜が嘆息して見せた。

「ええか、人の欲求をあまり抑えつけると爆発するで。百姓一揆がええ例や。公方はんから離れさせて、二年も放っておいたんや。どれほど左門はんの不満は溜まっているやろな」

「…………」

「まあ、左門はんの不満はまあええわ。最悪柳生の郷《さと》に詰めている新陰流の連中と伊賀者が全滅するだけですむさかい」

「なにを言うか」

数十人の被害を軽々に言った一夜に素我部一新が怒った。

「なんの対策もしてへんねんで。責任は殿さんにある」

一夜が冷たく切って捨てた。

「十兵衛さまがおられる。あのお方ならば、左門さまを押さえられる」

「そのとき国元にいてたらな」

素我部一新の希望を一夜が鼻で笑った。

「淡海、おぬしあまりであるぞ」

他人事のような一夜の態度に素我部一新が不満を持った。

「殺されかけたんやけど」

「……それが武士である」

文句を言った一夜に素我部一新が忠義を持ち出した。

「阿呆しかおらんのか」

一夜が天を仰いだ。

「誰が命を捨ててまで尽くすねん。そんなわけのわからん理由なんぞ、わたいには通らん。第一、一粒の米も柳生からもろてへんねん。恩と奉公……奉公だけじゃ、今のわたいは。そのうえ、命まで差し出せと言うんか」

「…………」

激した一夜に素我部一新が黙った。

「もうええわ。阿呆らしゅうなった」

一夜が背を向けた。

「待て、巡見使の話は……」

「もと惣目付やってん。それくらいのこと城中で訊けばわかるやろ」

止めた素我部一新に一夜は振り返ることなく応じた。

「おぬしならば、手立てを持っているのだろう」

「あるかい」

一夜が首を横に振った。

「そんなわけなかろう。家の大事なのだ。教えてくれ」

「……おまはんには二回飯をおごってもろうた恩があるなあ。しゃあけど、止めようはないで」

「どうしてだ」

素我部一新がすがった。

「知って言うてんのか。それやったら天晴《あっぱ》れとほめるわ」

一夜がなんともいえない表情を浮かべた。

「なんのことかわからんぞ」

本心から困った顔を素我部一新が見せた。

「公方さまのことを忘れてるんと違うか。左門はん以上の忍耐力を公方はんがお持ちやというならば別やけど。そうやなかったら、近いうちに左門を連れてこいと命じはるで」

「……公方さま」

素我部一新が一夜の説明に震えあがった。

「公方さまのご辛抱が切れたとき、柳生家は無事でおられるか」

「…………」

一夜に問われた素我部一新が言葉を失った。

柳生宗矩の次男左門友矩は、天下の美女といわれた宗矩の側室藤《ふじ》の方の美貌と、類い希《まれ》なる剣の才能を持っていた。とはいえ、妾腹《しょうふく》であり、次男でしかない。柳生宗矩も嫡男十兵衛のお目見えはしたが、左門友矩まで家光の目に触れさせるつもりはなかった。男色家として、堀田加賀守を筆頭に多くの家臣に手を付けた家光が、左門友矩の美貌を見逃すとは思えなかったからだ。

「目通り敵《かな》わぬ」

しかし、高級旗本の常として柳生家は嫡男の十兵衛を将軍の小姓《こしょう》にと差し出したが、どういういきさつか家光から嫌われて、側近を辞めさせられた。

「公方さまのお怒りを買った」

旗本にとって、これほどの危機はなかった。

「やむを得ぬ」

柳生家存続のため、宗矩は左門友矩を家光の小姓に差し出した。

「愛《う》い奴《やつ》である」

たちまち家光は左門友矩の美貌に溺《おぼ》れた。

二十二歳になった左門友矩を徒頭に任命、家光の上洛《じょうらく》の先導をさせた。というより、旅の間も手放さなかった。

「上洛の供を無事に務めた」

大名や旗本、数万を引き連れての上洛だったが、家光は左門友矩の功を大仰に言い立て、父親である宗矩と同格の従五位下《じゆごいげ》刑部小輔《ぎようぶしようゆう》に任官、さらに二千石を与えて柳生家から別家させた。

これですんだならば、柳生宗矩も我慢できた。

「お喜びください。公方さまより、時機を見て大名に取り立ててやるとのご諚《じよう》を賜りましてございまする」

久しぶりに顔を合わせた左門友矩から聞かされた宗矩が凍り付いた。

柳生宗矩は惣目付という役目に就いている。大監察とも呼ばれる惣目付は、大名を見張り、その非違を調べて咎め立てるのが仕事である。

その惣目付となってから、柳生宗矩は一切の憐憫《れんびん》なしに大名を取り潰してきた。その柳生宗矩の息子が大名になる。

「身びいきじゃ」

「さすがの但馬守《たじまのかみ》も吾《わ》が子はかわいいらしい」

大名となった左門友矩に落ち度がなく咎め立てずにいても、まちがいなくえこひいきだという風聞は立つ。

「刑部小輔、この段不届きである」

風聞に負けて重箱の隅を突《つつ》いたら、

「なんの不満があると申すか」

左門友矩を溺愛《できあい》する家光から叱られる。

「惣目付の役目を辞したく」

柳生宗矩はこうするしかなくなる。

「二度と領地を失わぬためには、御上に役立つと思わせねばならぬ」

隠し田が見つかって豊臣秀吉の怒りを買い、柳生家は一度潰されている。十五年近く、柳生の郷を失った宗矩は、その筆舌に尽くしがたい苦労を忘れられなかった。

「役目は捨てられぬ」

柳生宗矩は、息子の出世より、家の安泰を取った。

「病気療養をいたせ」

こうして柳生宗矩は左門友矩を家光から引き離し、柳生の郷へと幽閉した。

「お子をお作りいただきますよう」

春日局《かすがのつぼね》からの願い、

「一人を寵愛なさるのはよろしくないかと」

堀田加賀守、松平伊豆守《いずのかみ》ら執政衆の諫言《かんげん》もあり、

「病とあればいたしかたなし。見事本復し、無事な姿を見せよ」

家光も柳生家の申し出を受け入れた。

「しっかり伝えてや」

経緯を思い出さされ、呆然としている素我部一新を残して、一夜はその場を後にした。

四

素我部一新は一夜の背中が見えなくなるまで動けなかった。

「……しくじった」

一夜を柳生宗矩の前に連れていくことは、いかに無理矢理でも難しい。それでも後を付けて現在の居場所くらいは探っておくべきであった。

「今さら遅いな」

すでに一夜の影も見えない。

あきらめた素我部一新は、屋敷へ戻った。

「お目通りを」

いかに伊賀者でも、勝手に当主と会うことはできなかった。言うまでもなく、屋根裏や床下を使っての報告は可能だが、場所が江戸柳生の本拠というべき屋敷である。素我部一新がどれほどの遣い手であろうとも、報告を開始した段階で隠形は絶たれ、一部の者になにをしたかは見抜かれる。

密事というのは隠そうとすればするほど目立つ。なれば堂々と目通りをすることで、疚《やま》しい話ではないと思わせるほうが良策であると、素我部一新は考えた。

「いかがいたした」

堀田加賀守屋敷へ忍びこみ、捕らえられるという失態を犯し叱られた素我部一新が、直接の目通りを願ったことに、柳生宗矩は怪訝な顔を見せた。

「急なお目通りを願いましたこと、お詫びいたしまする」

「詫びはよい。そなたがそれだけのことだと想《おも》ったのであろう。前置きはよい。本題に入れ」

定型の挨拶から入った素我部一新を手で制し、柳生宗矩が用件を話せと促した。

「では、さきほど……」

素我部一新が経緯《いきさつ》を語った。

「一夜と会っただと。なぜ捕まえなんだ。いや、討ち果たしても……」

柳生宗矩が素我部一新を叱った。

「お叱りは後ほど、淡海どのが話の中身を」

主君の叱責を素我部一新が遮った。

「申せ」

不機嫌なままで柳生宗矩が命じた。

「淡海どのが左門さまに近々諸国巡見使のお役目が与えられると……」

「ば、馬鹿な」

聞いた柳生宗矩が大声を出した。

「と、殿」

他人が来ることを懸念した素我部一新が、思わず主君をいさめた。

「あ、ああ」

柳生宗矩が大きく息を吸って、ゆっくりと吐くを繰り返し、落ち着きを取り戻した。

「続けよ」

「……だということでございまする」

指示に従って素我部一新が述べた。

「公方さまのご辛抱か」

柳生宗矩が腕を組んだ。

「…………」

主君が思案しているときは邪魔をしない。素我部一新は静かに控えた。

「他には」

「以上でございまする」

確認された素我部一新が頭を垂れた。

「なにを考えている一夜は」

柳生宗矩が怒りを口にした。

「左門を巡見使にという話は加賀守さまから伺ったのだろうが、なぜお止めせせぬ」

「できませぬ。御老中さまのお話を陪臣でしかない淡海がどうして遮れましょうか」

素我部一新が無茶を言うと首を左右に振った。

「それをなんとかするのが、あやつの役目である」

「どこまで淡海どのにさせるおつもりでございますか」

さすがにあきれた素我部一新が尋ねた。

「当家にかかわるすべてじゃ」

「…………」

平然と言った柳生宗矩に素我部一新が沈黙した。

「不満か」

「いえ」

主君にそう言われて、はいとは言えない。素我部一新が首を横に振った。

「ふん」

素我部一新の内心などわかっていると、柳生宗矩が鼻を鳴らした。

「失態じゃぞ、素我部。一夜を逃がしたことは許せぬ」

あらためて柳生宗矩が素我部一新を咎めた。

「公方さまのお名前に威《おど》されましてございまする」

「むっ」

家光の名前に驚いたとの言い訳をされては、そこまでであった。それでもと言いつのれば、柳生宗矩は家光に畏怖《いふ》を抱いていないことになる。

「わかった。下がれ」

切り返しに柳生宗矩は気に入らないのをあからさまに見せつつ、手を振った。

「殿、一つだけお伺いをいたしても」

素我部一新が願った。

「なにを訊きたい」

柳生宗矩が質問を許した。

「左門さまでございますが、柳生の郷の者どもで押さえこめましょうか」

一夜が鬼と評した左門友矩のことを素我部一新が尋ねた。

「押さえこめる。ゆえに郷へ帰した」

柳生宗矩がはっきりと告げた。

「安堵《あんど》仕《つかまつ》りましてございまする」

素我部一新が手を突いて一礼し、下がっていった。

「……左門は鬼か」

一人になった柳生宗矩が呟《つぶや》いた。

「左門も柳生の郷を潰すことはすまい」

柳生宗矩が希望を口にした。

「高弟数人と伊賀者たちは礎にせざるをえぬな」

家に比べれば家臣の命など安い。

柳生宗矩が冷たく断じた。

「それよりも十兵衛に釘《くぎ》を刺しておかねばならぬ」

そう言って柳生宗矩が大きく手を叩いた。

「お呼びで」

すぐに近習《きんじゅ》が顔を見せた。

「十兵衛を呼んで参れ。明日でよい。午前中に道場へ顔を出すだろう」

「はっ」

近習が承諾した。


一夜は足早に柳生屋敷から離れつつ、不機嫌を露《あら》わにしていた。

「家がなんぼのもんやねん」

吐き捨てるように一夜が言った。

「なんぼ大事な家も、人がおらなんだら空き家と一緒で役に立たへん。人があってこその家でなければあかん。それすらわからんなっとる」

一夜が柳生への不満を漏らした。

「左門はんを人扱いしてへん。わたいが鬼と言うた意味もわからんやろうな。鬼は結局人が生み出すもんやという意味を」

一夜は嘆息した。

「男と男、男と女、女と女。思いを交わすというのは本人たちのもんで、他人がとやかく言うもんやない。もちろん、強制はあかんけどな。将軍と家臣、男と男、たしかにいろいろと障りはあるやろう。でも、それを言うならもっと前に公方はんをお諫《いさ》めするべきやった。堀田加賀守はんらを公方さまが寵愛されたとき、あるいは寵童《ちょうどう》を執政へと引きあげられたときに諫言せんかい。それもせんといて左門友矩はん、息子はあかんでは、通らんわ」

歩みを進めた一夜の目に駿河屋が見えてきた。

「松平姓下賜の件、報《しら》せなかった理由に気づくか、但馬守」

一夜が首だけで後ろを見た。


堀田加賀守は将軍の執務が終わった午餐《ごさん》の後を狙って、家光への目通りを求めた。

「一々、目通りを願わずとも、そなたならばかまわぬぞ」

家光が寵臣の一人を笑顔で迎えた。

「かたじけなき仰せではございまするが、公方さまの威を知らしめるには、なさねばならぬ礼儀だとお考えいただきたく」

厚意に感謝を述べつつ、堀田加賀守は断った。

「愛《う》いことを申す」

家光の機嫌が増した。

「そなたとの話は躬を楽しませるが、忙しい執政を雑談で縛るわけにもいくまい。いかがしたのだ」

用件を家光が言えと求めた。

「刑部小輔のことでございまする」

「……三四郎《さんしろう》」

堀田加賀守を幼名で呼んだ家光の目つきが厳しくなった。

「嫉妬は好まぬぞ」

家光は堀田加賀守が左門友矩のことを嫌っていると知っていた。

「公方さまにそう思わせたのは、わたくしめのいたらなさでございまする。まずはお詫びを申しあげまする」

「ほう」

過去の嫉妬について堀田加賀守が謝罪した。

素直に謝った堀田加賀守に家光が目を細めた。

「で、なにを言いたい」

「刑部小輔をそろそろ柳生の郷から離してはいかがかと」

「どうやってじゃ。但馬守が認めるか」

堀田加賀守の言葉に家光が身を乗り出した。

「病気療養ということでございますが、公方さまから二千石を賜っている旗本の当主でございまする。それが二年もお役に立っておらぬというのは、他への手前、よろしくはございませぬ」

「たしかにの」

家光が同意した。

旗本、大名の病気療養は認められている。もっともどちらも期限があり、それを越えた場合は、当主たる資格なしとして隠居させられた。

もちろん、それにも抜け道があった。

「長らく病をもってお役目を果たせずにおりましたが、このたび本復をいたしました」

そう幕府へ届け出て、数回登城するのだ。

「病が再発いたしまして……」

その後もう一度病気療養に入る。

これを繰り返せば、病気療養は続けられた。

いうまでもなく、幕府もそれを黙って認めはしない。

「隠居いたせ」

「病によりお役目はたせず、減封いたす」

「家禄を召しあげる」

三度目の病気療養が最後になる。

そして病気療養も一つの区切りはおよそ半年とされていた。

つまり左門友矩の二年という病気療養は異常であった。

「しかしじゃが、但馬守が認めるか」

家光が苦い顔をした。

「江戸へ左門を寄こせと言うても聞くまい」

「大事ございませぬ」

落ち込みかけた家光へ堀田加賀守が強く言った。

「江戸へ招かずともお役目を命じられまする」

「どうやるのじゃ」

家光が興味を見せた。

「ご上使を左門友矩のもとへお遣わしくださいませ。さすがに上使を止めることは但馬守でもできませぬ。そのようなまねをすれば柳生を取り潰せまする」

上使は将軍の代理人なのだ。その行動を制限することは、将軍に逆らうのと同じであった。

「それで、上使になんと言わせる」

「巡見使に任じくださいませ。巡見使ならば江戸へ来ずとも、そこから任地へ出立できまする」

「……巡見使か。それはよいな」

家光がうなずいた。

「さすがに柳生の郷から関東への巡見使は、勘ぐられましょう」

「西国へやるか。遠くなるの」

堀田加賀守の案に家光が暗くなった。

「しばしのご辛抱でございまする。巡見使が任を果たせば、江戸へ戻り公方さまへ復命するのが決まり。これの邪魔は但馬守もできませぬ」

「おおっ」

家光が顔をあげた。

「左門に会えるの」

「はい」

歓喜した家光に、堀田加賀守が首肯した。

「それにあと一つ」

「まだあるのか」

「ございまする。今後永久に但馬守に、いえ柳生に刑部小輔への手出しを封じる方法が」

驚いた家光に堀田加賀守が告げた。

「ど、どうするのだ」

家光が勢いこんだ。

「巡見使のお役目を果たした褒美として、松平の姓を刑部小輔にお許しになれば……」

「一門とするのか。なるほど、それならば柳生は刑部小輔に何一つ言えぬ」

堀田加賀守の話に家光が乗った。

「後は大名としてお伽衆《とぎ》になさるのも、小姓組頭として御側《おそば》におかれるのも、公方さまのお心次第」

お伽衆とは数万石ていどの大名が将軍の話し相手を務めるもので、場合によっては宿直番《とのいばん》もした。

「三四郎の申すとおりにいたそうぞ」

家光が名案だと手を打った。

「手配はお任せいただいても」

「うむ、よきにはからえ」

任せてくれるかと訊いた堀田加賀守に家光がうなずいた。

家光の説得を終えた堀田加賀守が口の端を吊りあげた。

「思い通りになったわ」

堀田加賀守が独りごちた。

「巡見使としてどこへやるかは、余が決められる。薩摩《さつま》でも熊本《くまもと》でも、いや琉球《りゅうきゅう》でも……どれだけ江戸に帰るにときがかかるかの。いや、生きて帰ってこられるかの」

外様大名のなかには巡見使の派遣は都合の悪い者が多い。知られたものによっては、巡見使を害するくらいはやる。

「さて、但馬守はどうする。余が他人払《ひとばら》いを願わずに話をしたとわかるかの」

堀田加賀守は家光との話をわざと同席していた小姓や小納戸に聞かせたのであった。

「踊れ、但馬守、余の掌《てのひら》で」

にやりと堀田加賀守が嗤《わら》った。

第二章　鬼の居場所

一

大和《やまと》柳生の家臣武藤大作《むとうだいさく》は、柳生新陰流の剣士でもあった。

主君柳生但馬守宗矩が、将軍家剣術手直し役を承っている関係上、その家臣が剣を扱えぬようでは困るからか、皆、国元の道場で一定の期間修業を積む。

おかげでどこへ出しても武家の家臣として恥ずかしくないだけの力を持ってはいるが、その代わり、算盤《そろばん》勘定には疎い。

旗本であったときはまだ幕府の庇護《ひご》を受けられたが、大名となった以上、自家のことは自家でしなければならなくなる。

「武芸をもってお仕えすることこそ、武士の本懐」

これが通るのは、戦場で一騎駆けをして敵と戦う前線の武士であって、たとえ百人ほどとはいえ、家臣を抱え、場合によっては一手を預かることになる部将には許されなかった。

一手を預かるということは、己の家臣だけでなく、他家の者や主家の直臣を配下として戦わすことにもなる。そんな大将が、ただただ突っこめと命じるようでは話にならない。

相手の動きを読み、それに合わせた最適な対応を取れてこその大将である。万全の態勢をもって敵を迎え撃つ、あるいは侵攻する。

当然、食糧を含む矢玉などの補給、地形なども把握していなければならない。そう、少なくとも計算ができなければ、一手の将は務まらないのだ。

柳生但馬守宗矩はそれができないため、長く旗本であった。柳生宗矩の取り潰した大名から取りあげた石高に対する報奨としてはあまりに少ないが、柳生は前線で突っこむのが仕事だと幕府は理解している証拠でもあった。

武藤大作は、端《はな》から柳生の家臣であったわけではなかった。

陣借り牢人として戦場往来を繰り返して来たが、とうとう仕官が叶《かな》うほどの手柄を立てられなかった父の背中を見ていたからか、武藤大作は我流での剣術に限界を感じ、柳生新陰流の門を叩いた。

そこで運が開けた。武藤大作には、剣術の才があった。

「仕えよ」

ちょうど加増されたばかりで軍役に沿うだけの家臣を召し抱えなければならなかった柳生家とつごうが合った。

豊臣秀吉によって所領を失った柳生家は、その恨みから関ヶ原で徳川に付いた。宗矩の父柳生石舟斎《せきしゆうさい》が石田方の兵を家康の目の前で切り捨てたことで旧領二千石を与えられた。その腕を買われて二代将軍秀忠《ひでただ》の剣術指南役となり、千石を加増された。

さらに柳生宗矩は寛永《かんえい》九年（一六三二）に惣目付となって三千石を加増された。

武藤大作はこのときに見いだされて、家臣となった。

親の代からの牢人で、武藤大作は金の苦労をしてきた。幸い今は禄をもらえたことで、明日の米の心配をしなくてすむようになった。しかし、家臣の目から見ても、柳生家の内政はよくなかった。

このことに武藤大作はすぐに気付いた。

「来年も同じだけの年貢が……」

「もう少しで年貢が集まる」

万一のことを考えてもいない。

その日暮らしの牢人より質《たち》が悪かった。牢人はいつ何があるかわからないと考えて、数日生きていくだけのものを蓄えている。病、怪我《けが》、仕事にあぶれる、どれも死に直結するからだ。なかには明日は明日と開き直る者もいたが、そういった連中はたいがい冬を越せなかった。

「このままでは……」

金のない武士は戦えなかった。

一度くらいは戦場働きできても、かならず負ける。

どれほど柳生宗矩の腕が立とうとも、永遠に戦い続けられるものではなかった。飯も喰《く》えば、刀も取り替えなければならなくなる。そのどちらにも金がかかる。

しかし、主君である柳生但馬守宗矩は役目を果たすことに必死であり、財政のことなど気にしていない。

己も牢人だったのに、金を気にせず、ただただ幕府の鼻息を窺《うかが》っている。たしかにそのおかげで柳生家は立身できた。

「大名になったか。いよいよまずいな」

だが武藤大作にとって、柳生が大名になろうが、旗本であろうが関係はなかった。新参者に立身のお裾《すそ》分《わ》けは少ない。家中《かちゅう》で柳生家が大名になったことを、武藤大作は一人醒《さ》めた目で見ていた。

「狩人《かりゅうど》が獲物になった」

旗本役の惣目付は大名たちを監察する。つまり大名になれば惣目付を辞め、監察する側からされる側になる。

今まで散々、家政不十分、藩政よろしからずという理由で大名を潰してきた。柳生家が同じ目に遭《あ》っても文句は言えない。

「また浪々の身か」

武藤大作が不安になったころ、柳生家に一夜がやってきた。

「ようこれで、やってきてたなあ。穴だらけやないか。商家ならとうに潰れとるわ」

柳生家の帳簿を見た一夜があきれ、次々と対応策を立てていく。

「明日から出入り禁止や」

武士に品物の善《よ》し悪《あ》しなんぞわかるまいと二級品を一級品の値段で売りつけていた商家と縁を切り、まともな商人に切り替える。

「武士も稼がなあかん。禄もらうだけではいつか金が足らんなる。ものの値段はこれから天井知らずで上がるよってな」

新たな産業の開発にも着手する。

「助かった」

本心から武藤大作は安堵した。

「道場での束脩《そくしゅう》徴収、柳生の郷で採れた山菜、獲《と》れた猪《いのしし》などの販売。できれば一部を加工して値打ちを上げて……」

一夜は次から次へと収入の道をつけた。

「これで二千石分くらいは出るな」

無駄遣いをなくし、新規産業で余裕に目処《めど》を付けた。

だが、その一夜の動きを柳生の一族が掣肘《せいちゅう》した。

「出過ぎである」

「商人の女が産んだ卑しい奴」

柳生宗矩は一夜の活躍が幕府の目に留まりかけたことを嫌い、三男の主膳宗冬は気に入らないと敵対した。

「情けなきことだ」

武藤大作としては、宗矩も主膳宗冬も心が狭いとしか思えなかった。

「淡海どのを失えば、柳生は終わる」

わかっているからこそ、武藤大作は一夜を守ろうとした。

「それも無駄になった」

一夜の能力に頼りながらも、その動きを阻害する。自分で自分の首を絞めたうえで、足を引っ張っていると宗矩も主膳宗冬も気付いていない。

「できることは馬鹿を防ぐことだけ」

武藤大作は柳生家から出される一夜への刺客を片付けることで、少しでも藩の延命を図った。

「大作」

考えていた武藤大作に主膳宗冬が声をかけてきた。

「いかがなさいました」

武藤大作が怪訝な顔をした。

「そなたあの身分卑しき者の居場所を知っておるか」

「身分卑しき者……はて」

分かっていながら武藤大作が首をかしげた。

「一夜のことだ」

惚《とぼ》けた武藤大作に主膳宗冬が苛立《いらだ》った。

「……一夜どのでございまするか。存じませぬ」

「隠し立てすると良くないことになる」

首を横に振った武藤大作に、主膳宗冬が低い声を出した。

「わかっていれば、ここにはおりませぬ」

武藤大作がもう一度首を左右に振った。

「……むっ」

主膳宗冬が詰まった。

「本当に知らぬのだな」

「存じませぬ」

しつこいと思ったところで、相手は主筋になる。

武藤大作が苛立ちも見せずに応じた。

「ならば探せ」

「殿のお許しを得ませぬと」

主膳宗冬の命に、武藤大作が無理だと告げた。

一夜に感情を入れすぎているとして、武藤大作は柳生宗矩から注意を受けている。

「見張っておればよい」

柳生宗矩から一夜の警固は止められている。事実、無頼に襲われかけた一夜を武藤大作は見ていただけで助けなかった。

勝手に一夜と接触するのは避けねばならない。なれど、それが武藤大作に忸怩《じくじ》たる思いをさせる結果となった。

そこへ主膳宗冬の命である。武藤大作が乗り気でないのは当然であった。

「かまわん。余が許す」

主膳宗冬が柳生宗矩には報せるなと、暗に命じた。

「よろしいのでございますか」

藩主の息子といえども、勝手に家臣を使うのはまずい。

「父には言っておく」

「きっとお願いをいたしまする」

武藤大作が念を押した。

「では、任せたぞ」

用は終わったと主膳宗冬が背を向けた。

「ああ、大作」

背を向けたままで主膳宗冬が武藤大作に声をかけた。

「無理に連れてこずともよいぞ。一夜は当家に不要となったゆえな」

「不要……」

「柳生家の財政を支える施策を手に入れた。その通りにすれば、当家は安泰じゃ」

唖然とした武藤大作に主膳宗冬が背中で笑った。

「淡海の考えを……」

そのような策を立てられる者は柳生にいない。

武藤大作が気付いた。

「家臣が思いついたことは、当家のものである」

平然と主膳宗冬が言った。

「武の柳生としては、商人ごときの指図を受けるわけにいくまい」

「……探せとの仰せは」

その意を汲《く》んだ武藤大作が息を呑んだ。

「他で当家のことを口走られては困る。あることないことな」

主膳宗冬が嗤いながら出ていった。

「淡海を殺せ……」

なんのために一夜を探すのかを理解した武藤大作が呆然とした。

「できるわけがない」

武藤大作は柳生十兵衛三厳から、太い釘を刺されている。

「次に一夜へ近づいたら斬る」

本気の殺気を柳生十兵衛に浴びせられたのだ。

たしかに武藤大作も柳生新陰流の印可を持っている。その辺の剣豪や道場主などと戦っても十分勝つだけの腕だと自負している。

それでも柳生十兵衛三厳の相手ではなかった。

「そなたの剣は死んだ」

一夜を助けに出ずに様子を見ていた武藤大作に柳生十兵衛は罵倒を浴びせた。

「…………」

武藤大作はそれに言い返すことはできなかった。

「ふたたび牢人になるのが怖かった……」

一夜との交誼《こうぎ》を捨て、柳生宗矩の指図に従ったのは恐怖からであった。

「吾が剣は死んだ」

その代償が柳生十兵衛の断罪であった。

「禄を取るか、義を取るか」

武藤大作は岐路に立っていた。

二

一夜は江戸を離れる手配のため、朝から駆けずり回っていた。

「ふう、しんど。江戸はわかりにくいからかなわん」

物心ついたころから大坂で生活してきた一夜である。大坂の陣からの復興であちこちに建物ができたり、路《みち》が通ったりで変化をしても、基本となるところは変わらない大坂の町なら、迷うこともなかった。

しかし、江戸はまったくといっていいほど馴染《なじ》みがない。

「まあ、江戸に住むわけやないし、どうでもええか」

一夜は駿河屋の脇玄関へと回った。

駿河屋くらいの大店になると、客を迎える店の玄関、主、娘、番頭など主立った者が使う脇玄関、そして奉公人が出入りする裏口を持つ。

駿河屋総衛門に気に入られている一夜は、一族扱いで脇玄関の使用が認められていた。

「戻りました」

「お帰りなさいませ。畏れ入りまするが、主がお目にかかりたいと」

脇玄関を開けた一夜を迎えた女中が、駿河屋総衛門が呼んでいると伝えた。

「わかりました。羽織だけ脱がしてもろうて、お部屋へ伺いまっさ」

一夜が身支度を調えたら顔を出すと応えた。

駿河屋総衛門の居室は、店と奥の境目にあった。主として応対しなければならない客が来たとき、奥にいては待たせることになる。

「なにをしておる」

「拙者《せっしゃ》を待たせるとは」

わずかなことでも、そこから話を広げて有利な状況に持っていこうとする者は多い。それを少しでもましな形にするため、居室は表に近いところにあった。

「お呼びだそうで」

着替えをすませた一夜が駿河屋総衛門の前に座った。

「お疲れのところ、申しわけございませぬ」

商人の出とはいえ、今は武家身分である。一夜に駿河屋総衛門が詫びた。

「気にしはることやおまへんわ」

　一夜が手を振った。

「かたじけのうございまする。では、遠慮なく、用件に移らせていただきまする」

　軽く一礼をして駿河屋総衛門が目の前に置いた風呂敷包みを広げた。

「本日淡海屋七右衛門さまより、お送りいただいたものでございまする」

「お爺はんからでっか。拝見しても」

「もちろんでございまする」

　駿河屋総衛門が残っていた箱を一夜のほうへ押した。

　一夜は手際よく箱の中身を検めた。

「………」

「本気やな」

　一夜が呟いた。

「はい」

　駿河屋総衛門もうなずいた。

「このほかに二つございましたが……」

経緯を駿河屋総衛門が語った。

「加賀守はんへ献上しはりましたか……さすがですなあ」

聞いた一夜が感心した。

「これから先、武士は茶や俳諧に身を傾ける。それを堀田加賀守さまに実物を見せることでわかっていただく。あのお方は大名がどうなろうが、武士が堕落しようが、公方さまさえご無事ならばそれでよしとなさいましょう」

駿河屋総衛門が述べた。

「よしとするどころか、勧めるくらいのことはしはるやろ。武芸ではなく、雅《みやび》ごとにうつつを抜かせば、幕府に刃向かおうとする者はおらへんなりますよって」

一夜が付け加えた。

「加賀守さまが、外様を招いて茶会をなさる。その場に差しあげた茶碗が出る。招かれた客は使われた道具の由来を聞くのが礼儀。そこで加賀守さまが……」

「駿河屋はんのお名前を出す。執政衆の歓心を買いたい外様大名や。すぐに駿河屋はんへ道具の調達を言うてきますわなあ」

「茶会に誘われたならば、招き返すのも礼儀。その場に加賀守さまがお勧めになった当家の道具があれば、お褒めの言葉をいただける」

二人が顔を見合わせて笑った。

「さすがは駿河屋はんや、最初の損は、数カ月で取り戻せる。いや、倍以上の儲《もう》けになって返ってくる」

「これも淡海屋さまのお気遣いのおかげでございますよ」

駿河屋総衛門が告げた。

「で、残りをいくらで売らはるおつもりで」

一夜が値付けを問うた。

「淡海屋さまの仕入れ、その三倍でお願いしようかと」

「四倍」

首を振りながら一夜が言った。

「それでは、数万石のお大名方では手が届きますまい」

高すぎると駿河屋総衛門が懸念を表した。

茶道具や書画、骨董《こっとう》の類いはこれから江戸で流行《はや》る。なにせ江戸は新しく開発された土地なのだ。どうしても最初は生きていくために要りような部分から手が加えられていく。当然、文化や贅沢《ぜいたく》などの雅ごとは後回しになる。

とはいえ、それも永遠ではなかった。

住むところができ、食べものの搬入が確保され、衣服の供給が整えば、人々は贅沢に目を向ける。

その一つが、茶道であった。

もともと茶道は、戦国の世に生まれ、発達していった。

武野紹鷗《たけのじょうおう》、今井宗久《いまいそうきゅう》、千利休、津田宗及《つだそうぎゅう》、古田織部《ふるたおりべ》と名だたる名人が茶道を戦国大名たちに広めた。

狭い茶室で敵も味方もなく、ただ茶を味わい、一時心の平穏を得る。

明日死ぬかも知れない戦国大名に、俗世を持ちこまない茶室での遣り取《やと》りは歓迎され、織田信長、豊臣秀吉、荒木村重《あらきむらしげ》らが茶道を庇護した。

「歌を読むなど、長袖《ちょうしゅう》のようじゃ」

長袖とは公家《くげ》の別称である。身分は高いが戦えない公家のことを、武家は陰で馬鹿にしていた。

武家は詩歌を軟弱として嫌った。

だが、茶道は違った。戦国武将が好んだ茶道は、武家にとって、俳諧などと違って受け入れやすいものであった。

「買い手がなければ、値を下げることになりまする」

駿河屋総衛門が、かえって道具の価値を下げることになると危惧した。

「噂《うわさ》を流しますねん」

「……噂。どのような」

一夜の発言に駿河屋総衛門が戸惑った。

「御上は天下太平を願っている。表では武を奨励しているが、裏では雅を推奨しているると」

「…………」

駿河屋総衛門が一夜の言葉に呆然とした。

「そこまで……」

かすかに駿河屋総衛門の声が震えていた。

「なあ、駿河屋はん。駿河屋はんは、乱世と泰平どちらをお好みで」

一夜が感情の起伏を殺して訊いた。

「難しい質問をなさる」

駿河屋総衛門が目を閉じて考えた。

「世が乱れれば、商機も増えますな。もっとも命の危険も増しますが。泰平ならば、まず命の危険はございませぬ。明日も今日と同じ商いができる」

「はい」

一夜が首を縦に振った。

「……怖ろしいお方だ」

そこで駿河屋総衛門が気付いた。

「御上が戦を望んでおられない」

「いや、怖がっている」

駿河屋総衛門の答えの言い方を一夜は変えた。

「ようやく手にした天下。それを失いたくないと考えるのは、当たり前でっしゃろ」

「ですが、御上は力で天下を取ってこられた。力こそ御上の源でございましょう」

一夜の意見を駿河屋総衛門は納得できないと首を横に振った。

「だからですがな。御上、いや徳川家は力で天下を豊臣家から奪った。つまり、力さえあれば、天下を取ってもいいと世に示してしまった」

「外様大名でございますか」

駿河屋総衛門が続けた。

「ですが、すでに外様大名に御上に逆らうだけの力はございますまい。最大の外様大名である前田《まえだ》さまで百万石、御上は四百万石、とても勝負にはなりません」

「算盤のうえではそうですなあ。ですが、算盤におく四百万石を見てもらわんと」

「四百万石を見る……」

一夜に言われた駿河屋総衛門が困惑した。

「米の稔《みの》りは東と西、どっちがよろし」

「それは西でございましょう。どうしても東や北は冷害などで……」

答えていた駿河屋総衛門が止まった。

「そうですわ。御上は米の成りのいい西国に領地を多くお持ち」

「それが二百万石だと」

「……………」

確かめるような駿河屋総衛門に一夜が無言で応じた。

「西国大名が謀叛《むほん》をおこしたとき、御上はいきなり半分を失う。そこに前田家、伊達《だて》家、上杉家、なども蜂起したら……どないなります」

「御上が負ける」

「そうなりますわなあ」

一夜が述べた。

「そうならぬよう、御上は諸大名方に普請《ふしん》をさせて、金を費やさせているのでございましょう」

すでに対策は打っていると駿河屋総衛門が反論した。

「なんの得にもならへん普請を押しつけられて数千両、数万両遣わされるより、品物が残り、さらに道具として自慢できるのと、どっちがましですかいな」

「…………」

駿河屋総衛門が今日、何度目かの驚きで黙った。

「己の財布、他人の懐っちゅう言い回しが、上方にはおましてなあ」

「……どういう意味でございますか」

駿河屋総衛門が疑問を呈した。

「同じお金でも、己の懐から出るのは嫌で、他人の懐から出るのは構わないといった感じですわ」

「なるほど。今回の場合、茶碗を買うのが己の財布で、御上から命じられるお手伝い普請が他人の懐と。ようは吾が身に付くか、御上のものとなるか。それで出す金への思いが違うというところでしょうか」

「そのとおりですわ」

一夜が笑った。

「気持ちよく金を出してもらうのも商いの技でっさかいな」

「それで四倍はさすがに……」

まだ駿河屋総衛門は気が進まないと憂い顔を見せた。

「かまいまへんって。その代わり買い戻しを求められたときは、売値よりも少し高めで引き取ってあげたらよろし」

「仕入れ値を引きあげる。そこまでして値打ちをあげますか」

「江戸に道具道楽を広めるんでっせ。それくらいはせんと。決して損はしまへん。道具を引き取ってくれと言った客も、払った額よりも高い金になればまた買いまっせ」

「それでは、わざと引き取れという客が出てきませぬか」

「いずれは出てきますやろうな。商いを汚いものとして嫌う武士が、そんなまねをする。世間に知れたら、どうなりますやろ」

「噂を流す……」

駿河屋総衛門が想像した。

武士は金儲けを汚いものとして嫌う。これはいつでも主君の命に応じて戦場へ出向かなければならない武士が、後のことを考えて金を残すなど卑怯《ひきょう》未練である。武士は手柄に応じた禄をもらっているのだから、その範囲内で生活をし、死んだときに帳尻が合っていることこそ本分という考え方があるからであった。

言うまでもなく、これは戦場で命惜しみをされては困る主君になる者たちが押しつけた価値観でしかないが、乱世の間に染みついてしまっていた。

そんな武士が、商人を利用して金儲けをしたと世間に知られれば、

「武士の風上にも置けぬ」

「商人よりも腸《はらわた》の腐ったやつ」

たちまち嫌われる。

「貴家との縁組はなかったものとさせてもらう」

「今後のお付き合いは遠慮していただこう」

仲間はずれにされるだけならばいいが、

「お気に召さぬことこれあり」

将軍の耳まで悪評が届けば、最悪改易《かいえき》にもなる。

「一人、二人、噂が出れば、もうできませんで」

にやりと一夜が笑った。

「たしかにお武家さまは外聞を気になさいますな」

駿河屋総衛門が同意した。

「新しい商いは最初が肝心ですわ」

一夜が真顔になった。

「おっしゃるとおり。ということでこれを」

すっと駿河屋総衛門が袱紗《ふくさ》で包んだものを差し出した。

「お金でっか」

形から一夜が見抜いた。

「二つの茶碗を買わせていただきましたので」

堀田加賀守に献上したのは己の考えであるので、代金を払うのは当然だと駿河屋総衛門が述べた。

「お爺はんの手紙には差しあげるとありましたで。これはもらえまへん。もらえば、わたいがお爺はんに叱られますよって」

一夜が断った。

「困りましたな。わたくしはお金を払う、一夜さまは要らないと仰せになる。やれ、この金が宙に浮きました」

「……かなわんなあ」

わざとらしい駿河屋総衛門の困惑に、一夜がため息を吐いた。

「袱紗越しですけど、二百両ですやろ」

「はい」

金額を当てた一夜に駿河屋総衛門がうれしそうな顔をした。

「一蓮托生《いちれんたくしょう》でよろしいんで。柳生家を敵に回しますで」

一夜が確認を取った。

「今さらなにを言われますやら」

駿河屋総衛門が手を振った。

「それにたかが一万石、怖くもなんともございません」

「怖ろしいお人や」

先ほどの駿河屋総衛門の感想をそのまま一夜が返した。

「ふふふ」

駿河屋総衛門が笑った。

「ほな、この二百両を生かしまひょうか」

「はい。金を寝かせるようでは商人とは申せませぬ」

一夜の提案に駿河屋総衛門が応じた。

「米を買い付けましょう」

「……米を」

駿河屋総衛門がわずかに驚いた。

「今年の秋、西国は飢饉《ききん》ではないですけど、かなり稔りは悪いはず」

「その根拠はどのような」

駿河屋総衛門が訊いた。

「道具が例年以上に売られてます」

一夜が答えた。

「道具が売られていると言っても、個人のものでございましょう。お大名方の家宝が売りに出ているわけではございますまい」

「たしかにそうですねんけどな。売りに出している連中が、大坂蔵屋敷に勤めているというのが引っかかりますねん」

「蔵屋敷……たしかに淡海屋七右衛門さまの書状にありましたな」

駿河屋総衛門が思い当たった。

蔵屋敷は国元で穫《と》れた米を売るまでの保管場所である。米取引のほとんどを握っている大坂商人と遣り取りをするために建てられた。当然、蔵屋敷に勤める藩士も、米の取引に詳しい者ばかりであった。

「おそらく、藩とはかかわりなく、吾が懐を増やしたいと考えての行動やないかと」

一夜が推測した。

蔵屋敷の役人は、大坂商人との付き合いが深い。いや、大坂商人に飼われているといってもまちがいではなかった。

「今年の米は是非、わたくしに」

大坂商人は儲けるための手段として蔵屋敷の役人を遊郭へ招き、呑ませ、喰わせ、抱かせる。

「すまんな」

最初は遠慮していた蔵屋敷の役人もそれが重なると、遊びに慣れてくる。

「寂しおす」

遊郭に通えば馴染みの妓《おんな》もできる。

「わかった。今夜参ろう」

基本蔵屋敷の役人は国元に妻子を残して、一人で赴任していた。当然欲求のはけ口が要る。特定の妓と馴染みになると、商人の接待を待っているわけにもいかなくなる。自前で遊郭へ通うとなれば、金がかかった。禄と赴任の手当だけでは到底たりない。

大坂蔵屋敷の役人たちは、絶えず金儲けを考えていた。

「なるほど。家宝を売った金で米を買い、高騰したところで売り払う。家宝はその後で買い直せばいい」

「甘い考えですけどな」

納得した駿河屋総衛門に一夜があきれて見せた。

「一度手放した道具が己の手元に返ってくると思っているところがまず甘い。次に道具を取り戻すには、手放した以上の費用がかかるとわかってへんのが甘い。そんな甘い連中が、米の売り買いで儲けられますかいな」

一夜が嗤った。

「なるほど、なるほど。米の値上がりはまちがいないのですな」

駿河屋総衛門が話を最初に戻した。

「では、この金にいささか足して、儲けを増やしましょう」

「どうぞ。わたいはその儲けに一切触りまへんので」

一夜が駿河屋総衛門の好きにしたらいいと告げた。

「ほな、下がらしてもらいまっさ。ちいと腹が減りましてん」

一夜がそそくさと駿河屋総衛門の前から消えた。

「参ったねえ。一夜さまが大坂商人の標準だったら、江戸は勝てやしない」

駿河屋総衛門が袱紗包みへと目を落とした。

「儲けは要らないか。ならば娘ごと駿河屋をもらってもらうしかないね」

真剣な顔で駿河屋総衛門が呟いた。

三

柳生宗矩は家光の剣術稽古をするために毎日登城していた。

もちろん、多忙な家光に毎日稽古をする暇はなかった。というより家光の気が乗らなければ、稽古のために呼び出されることはない。ほとんど控えの間として与えられている菊間広縁で待機していた。

「但馬守さま」

いつものように新参者らしく菊間広縁の端に座した柳生宗矩に、お城坊主が声をかけてきた。

「うむ」

うなずいた柳生宗矩が、立ちあがった。

「こちらで」

お城坊主が柳生宗矩を他人気《ひとけ》のない廊下の隅へと誘った。

「なにかござったのかの」

柳生宗矩がお城坊主に問うた。

「ご子息さまのことでございまする」

そこまで言って、お城坊主が黙った。

「子息……主膳のことでござるかの」

すでに素我部一新から話を聞いている。わざと柳生宗矩がまちがった。

「いえ、刑部小輔さまのことで」

「刑部小輔……左門のことと」

「はい」

にこやかにお城坊主が首肯した。

「刑部小輔になにか」

「…………」

具体的なことを問うた柳生宗矩にお城坊主は笑みを浮かべるだけでなにも言わない。

「金でございますか」

柳生宗矩が苦笑した。

お城坊主は城中でもっとも噂に詳しい。人扱いされない僧侶という立場を利用して、あらゆるところに入りこみいろいろな話を見聞きしては、それを売りつけては稼いでいる。またお城坊主は老中の雑用も承るため、要路とのつきあいもある。

「某《なにがし》さまは……」

お城坊主の讒言《ざんげん》で出世街道の階段から落ちた者も多い。

身分軽い者だが、敵に回せば面倒このうえない相手でもあった。

「結構でござる」

無駄な金は払えないと柳生宗矩が断った。

「よろしいので」

あっさりと拒否した柳生宗矩にお城坊主が驚いた。

「刑部小輔に巡見使をという話ならば、存じております」

柳生宗矩が強い口調で言った。

「それは……」

お城坊主が目を剥《む》いた。

「さすがは但馬守さま」

すぐにお城坊主が落ち着きを取り戻した。

「では、戻りまする」

柳生宗矩が立ち去ろうとした。

「もう一つもご存じでございますな、ならば」

その背にお城坊主が言った。

「……もう一つ。刑部小輔のことでございますか」

思わず柳生宗矩が驚愕の声をあげた。

「おや、ご存じではなかったようで」

楽しげにお城坊主が笑った。

「それはどのような」

「さて」

今度はお城坊主がわざとらしく首をかしげて見せた。

「これを」

柳生宗矩が懐から紙入れを出し、小粒金を一つ出した。

「はて」

ちらと小粒金の大きさを見たお城坊主が、またも首をかしげた。

「どれだけあれば」

剣の駆け引きは得意でも、金の遣り取りはまともにできない柳生宗矩は、直截《ちょくせつ》に値段を尋ねた。

「五つ」

お城坊主が五倍出せと言った。

「なっ……」

柳生宗矩が絶句した。

小粒金は大きさでその値打ちが変わるが、多くは一朱から二朱くらい、銭に直して二百五十文から五百文くらいになった。

最初に柳生宗矩が呈示した小粒金が一朱より少し多いくらいである。となれば、お城坊主の要求は一分をこえる。

一両で米一石が買える。一分だとしても米二斗五升になる。いずれわかることにかんする情報料としては破格であった。

「高い」

「さようでございますか。では、これまで」

お城坊主が一礼した。

「ま、待たれよ」

いつもなら小粒一つどころか銭一文でも取ろうとするお城坊主がすっと引いたことに、柳生宗矩は怖れを持った。

「なにか」

呼び出したのはお城坊主である。白々しいことこのうえない対応をお城坊主が見せた。

「払う。今は手持ちがない。後で屋敷までお出《い》でくだされ」

柳生宗矩が頼んだ。

「では、二分ということでよろしゅうございますな。取りに行くという手間も加えさせていただきますので」

さらっとお城坊主が値上げをした。

「うっ……承知いたした」

柳生宗矩が折れた。

「お手数でございますが、一筆お願いいたしましょう。お腰の白扇に金額と花押をお書きいただきたく」

情報というのは渡した瞬間に価値がなくなる。金を払わなかったから返せというわけにはいかないのだ。

「……承知」

「どうぞ、お使いくださいませ」

白扇を開いた柳生宗矩にお城坊主が懐中矢立《やたて》を取り出した。

矢立とは墨壺《すみつぼ》と筆を一つにした携帯用の硯《すずり》と筆である。まともなものはそれなりの大きさになるが、江戸城中では提げ物をするわけにはいかないので、腰ではなく懐中に小さなものを忍ばせるしかない。

「お借りする」

懐中矢立を受け取った柳生宗矩が白扇に二分渡すようにと書いて、花押を入れた。

「たしかに頂戴いたしました」

懐中矢立と白扇を懐にしっかりと仕舞ったお城坊主が満足そうにうなずいた。

「では、聞かせていただこう」

金を払った以上、対価を受け取るのは当然である。柳生宗矩が要求した。

「お話をいたしましょう」

ちらと周囲を確認して、聞き耳を立てている者がいないことを確かめたお城坊主が口を開いた。

「巡見使を果たされたあかつきに、公方さまは刑部小輔さまに松平の名乗りをお許しになられるおつもりでございまする」

「……うっ」

聞いた柳生宗矩が絶句した。

「ま、まことに」

「偽りございませぬ」

本当なのかと問うた柳生宗矩にお城坊主が保証した。

「な、なんということを」

柳生宗矩が蒼白《そうはく》になった。

「御坊主どの、その話は公方さまが」

「いえ、御老中堀田加賀守さまが、巡見使のことと一緒にお話しになられたとのこと」

お城坊主が答えた。

「加賀守さまが……」

「以上でございまする。愚拙はこれにて」

金をもらえばもう用はないと、唖然としている柳生宗矩を残して、お城坊主がそそくさと離れていった。

「……加賀守の話となれば、一夜も知っていたな。素我部一新に巡検使の話しかしなかったのは、こっちが本命か。おのれ」

柳生宗矩が歯がみをした。

お召しがなければ、柳生宗矩の下城は早い。そもそも家光は剣術の稽古を好んでいない。それどころか嫌ってもいた。

「ごめん」

かつて柳生十兵衛が剣術のお相手を務めたとき、遠慮会釈なしに叩きのめした。

「稽古については否やを言わぬ」

形だけとはいえ、家光は柳生新陰流を学ぶときに弟子として誓書を入れている。

「無礼者めっ。そのままには捨て置かぬぞ」

怒って柳生十兵衛を咎めることができなかった。

それ以降家光は、あまり稽古をしなくなった。

また、家光からお召しがあるときは、昼前に報せがある。用意などをしなければならないため、早めに柳生宗矩は城中の稽古どころへ入らなければならないからであった。

つまり、昼までに報せがなければ、その日は下城しても構わなかった。

それでも惣目付をしていたこともあり、柳生宗矩はできるだけ城中に留まり、いろいろな噂を集めるようにしていた。

しかし、この日は持ってきていた弁当さえ使わず、柳生宗矩は下城した。

「お早いお戻りでございまする」

下城してきた柳生宗矩を出迎えた用人の松木《まつき》が驚いて出迎えた。

「大作はおるか」

柳生宗矩が噛みつくように松木に問うた。

「あいにく出ておりまする」

「ちっ、肝心なときに役立たずが」

いないと聞いた柳生宗矩が武藤大作を罵《ののし》った。

「ならば素我部を呼べ」

「ただちに」

主君のただならぬ様子に松木が慌てて動いた。

「お召しでございますか」

少しして非番であった素我部一新が廊下に手を突いた。

「一夜がどこにおるかは知っておるな」

「昨夜は追えませなんだので、確実かと言われれば厳しゅうございますが、最近は駿河屋総衛門宅に寄宿しておられまする」

「すぐに連れてこい」

「…………」

柳生宗矩の命に素我部一新が黙った。

「どういたした。返事をいたせ」

「難しいかと存じまする」

苛立つ柳生宗矩に素我部一新が首を左右に振った。

「理由を申せ」

「淡海どのは、もう殿のことを信用いたしておりませぬ」

怒鳴るような柳生宗矩に素我部一新が告げた。

「むっ」

思い当たることが多すぎる。柳生宗矩が詰まった。

「そなたは忍であろう。ならば当て落としてでも連れてこい」

「敵いませぬ」

「どういう意味じゃ」

相手にならないと答えた素我部一新に柳生宗矩が怪訝な顔をした。

「わたくしと淡海どのだけならば、いかようにでもできまする。ですが十兵衛さまが加わられれば勝負になりませぬ」

「十兵衛か」

言うことを聞かなくなった嫡男の名前が出たことに柳生宗矩が苦い顔をした。

「……主膳と同道いたせ」

「主膳さまと」

柳生宗矩の命に素我部一新が首をかしげた。

「勝てずとも十兵衛を抑えるくらいはできるだろう。その間に主膳に一夜を捕らえさせる」

策を柳生宗矩が口にした。

「そう長くは保《も》ちませぬが」

素我部一新が述べた。

「かまわぬ。主膳が一夜を捕らえるまででいい」

柳生宗矩が首を縦に振った。

「よろしいのでございますか」

「余が指図である」

素我部一新の懸念を柳生宗矩は別のものと受け取った。

「本当に主膳さまに一夜さまをお任せしてよろしいので」

もう一度素我部一新が懸念を口にした。

「…………」

柳生宗矩が素我部一新の危惧に気付いた。

「釘を刺しておく」

「わたくしでは主膳さまをお止めできませぬ」

そう言った柳生宗矩に素我部一新が責任は主膳にあると念を押した。

「……わかっている」

素我部一新は家臣、しかも門番でしかない。それに比して主膳宗冬は一門である。これが家老というならば一門でも制することはできるが、武士というより足軽《あしがる》扱いの素我部一新では、主膳宗冬のやることに異を唱えることさえ難しい。

素我部一新の保身を柳生宗矩は認めた。

四

「今すぐにかかれ」

そう言われた素我部一新は忍道具一式を用意して、表門の内側で主膳宗冬を待った。

「物騒だの」

柳生家の門番は基本伊賀者が担当している。

同じ伊賀者の目から見れば、素我部一新のものものしさは見抜ける。

「主膳さまのお供よ」

ここでも素我部一新は主膳宗冬の指揮下にあると、責任回避を口にした。

「主膳さまか……災難よな」

同僚が小声で憐《あわ》れんだ。

「殿の御命じゃ、避けられぬ」

素我部一新がかすかに息を吐いた。

「お見えのようだ……おうおう、ご機嫌が悪いぞ。足音が大きい」

「たしかにな。武芸家というならば、いつどのようなときでも落ち着き、気配を殺すべきであろうに」

同僚のあきれに素我部一新が同意した。

「いたか。よし」

近づいてきた主膳宗冬がすでに素我部一新が待機していたことで少し機嫌をよくし

た。

「遅れたならば、そっ首叩き落としていたところだ」

「落ちるのはおまえの首じゃ」

忍にしか聞こえない独特の発声で同僚が悪態を吐いた。

「…………」

素我部一新はどちらにも反応しなかった。

「開けよ」

「はっ」

主膳宗冬の言葉に表門が半分ほど開けられた。

「行くぞ」

「お供仕ります る」

さっさと表門を出ていく主膳宗冬の後を素我部一新が追った。

「素我部」

「なにか」

半歩後ろに付いている素我部一新を主膳宗冬が呼んだ。

「あやつには、本当に兄上が付いておられるのか」

「わたくしも直接お姿を拝見したわけではございませぬが、武藤さまがお会いになられたそうでございます」

問うた主膳宗冬に素我部一新が述べた。

「武藤が会ったというなら、まちがいはなさそうだが……武藤はそのときのことをどのように申していた」

「なにも言われませぬ」

「……なにも」

足を止めずに主膳宗冬が首をかしげた。

「会われたことは殿にご報告なさいましたが、わたくしどもにはただ会ったとしか」

素我部一新が小さく首を横に振った。

「兄の腕がどのていど上がっているのか……」

主膳宗冬が苦い顔をした。

柳生十兵衛はまさに剣術の申し子であった。

もっとも柳生で剣に優れていたのは、剣聖と讃《たた》えられた上泉武蔵守信綱《かみいずみむさしのかみのぶつな》から印可を受けた先代当主の柳生石舟斎宗厳《むねよし》とされている。

剣より謀《はかりごと》に長《た》けていた五男宗矩に父柳生石舟斎は家督を譲り、柳生新陰流の印可は嫡男の新次郎厳勝《しんじろうとしかつ》に与えた。

「将軍家剣術指南役の立場がございませぬ」

柳生宗矩は父にしつこく頼みこみ、柳生新陰流の印可は得たが、厳勝に渡された上泉武蔵守の印可状と目録、相伝はとうとうもらえなかった。

つまり柳生宗矩は剣士として一族のなかで一枚下であった。

しかし、その嫡男十兵衛は、剣を振るうために生まれてきたような男であった。あっさりと父を凌駕《りょうが》、生まれる前に死去してしまった柳生石舟斎の教えは受けられなかったが、伯父の厳勝のもとで修行をし、技を学んだ。

また次男の左門友矩も柳生十兵衛に劣らぬ才能を持っていた。

三男の主膳宗冬は歳《とし》がかなり離れているというのもあり、兄二人に勝ったことはない。とくに十兵衛には子供扱いされてきた。

「わかりませぬ」

素我部一新が首を左右に振った。

「しっかりと抑えろよ」

「承知いたしておりまする。忍の技を駆使すれば、いかに十兵衛さまとはいえ、自在に動くことはできませぬ。いえ、させませぬ」

言われた素我部一新が首肯した。

「あれか。大きいの」

「駿河屋でございまする」

しゃべりながらも足を緩めていない。

二人は駿河屋の見えるところまで来た。


疲れ果てていた一夜は、朝餉《あさげ》も摂《と》らずに眠っていた。

「そろそろ昼を過ぎましてございますよ」

貸し与えている客間へ駿河屋総衛門自らが赴いて、一夜を起こした。

「あっあああ。もうそんな刻限ですかいな」

あくびを一つして、一夜が目を覚ました。

「よほどお疲れでしたか」

「気疲れですわ。歩くくらいで疲れていたら、商人は務まりまへん」

尋ねた駿河屋総衛門に一夜が答えた。

「まあ、それを言うたら気疲れもあかんのですけどな」

「慣れない江戸では無理ございませんよ」

肩を落とす一夜を駿河屋総衛門が慰めた。

「ちいと顔洗うてきますわ」

夜具から立ちあがった一夜が客間を出ようとした。

「一夜さま、それは困りまする」

駿河屋総衛門が一夜を止めた。

「へっ」

「寝間着姿でうろつかれては……歳頃の娘がおりますので」

止められると思っておらず妙な声をあげた一夜に、駿河屋総衛門が苦笑した。

「す、すんまへん」

あわてて、一夜が身繕いをした。

「……油断やなあ」

井戸端で顔を洗い、濡《ぬ》らした手ぬぐいで、着物の隙間から身体《からだ》を拭いた一夜がなんともいえない顔をした。

「娘はんがいてたわ」

紹介を受けてはいたが、娘の態度もあり、一夜は名前さえ覚えていなかった。

「気を遣わなあかんな。駿河屋はんがどう利用するかわからんし」

一夜は駿河屋総衛門が己を娘の婿にと狙っていることを知っている。

「ふうう、目覚めたわ」

水に濡れた手ぬぐいを固く絞って、一夜は背筋を伸ばした。

「邪魔をする」

井戸は炭を扱う駿河屋の商いの便宜上、手先の汚れた奉公人がすぐに洗えるようにと、店先に続く石畳の端にある。井戸近くでも店のことがよく聞こえた。

「あの声は……素我部はんやな」

一夜が目つきを変えた。

「昨日の今日、いきなり来るとなれば……わたいに用やな。いや、但馬守にわたいを引っ立ててこいと言われたな」

素我部一新の用件を一夜は的確に読んだ。

「駿河屋はんに迷惑をかけるわけにはいかん」

急いで一夜は着替えに戻った。


来客の対応は番頭の仕事である。

「お出でなさいませ。なにをご入り用でございましょう」

駿河屋の番頭が素我部一新に応じた。

「客ではない。こちらに当家の臣、淡海一夜がおるはずじゃ」

一応柳生宗矩の使者という体を取っている。素我部一新が一夜を呼び捨てた。

「どちらさまで」

「柳生家但馬家中、素我部一新である」

一気に声を低くした番頭に、素我部一新が名乗った。

「お待ちを」

柳生が一夜をどうあつかっているかを知っていても、武家への対応をしなければならない。番頭は押し問答を仕掛けずに、奥へと入っていった。

「……旦那さま」

「一夜さまに柳生のご家中さまがね」

番頭から話を聞いた駿河屋総衛門が嘆息しながら、立ちあがった。

「わたしがお相手します。その間に裏から一夜さまを……」

「それはあかん」

駿河屋総衛門の指示を、主の部屋へ顔を出した一夜が制した。

「ですが……」

「大丈夫や。柳生はわたいに手を出されへん。わたいを殺せば堀田加賀守が報復に動くと思うてるさかいな」

「……加賀守さまは動かれないと存じますが」

しっかり駿河屋総衛門は一夜の言葉の隅まで理解していた。

「相手はご老中さまや。わたい一人の命と引き換えにできる地位やあらへん」

一夜が手を振った。

「でもそれを柳生は否定でけへん。加賀守はんと柳生は左門はんのことで対立とまではいかへんけど、かなり危ない関係にある。釣り合ってる天秤《てんびん》のようなもんや。一個でも分銅が増えれば、一気に傾く。そうなったら一万石なんぞ、加賀守はんの前では風前の灯火《ともしび》どころやない。そんな危ない博打《ばくち》を仕掛けるほど但馬守は阿呆やない」

「ですが、お命を狙われておられましょう」

駿河屋総衛門も、一夜が柳生にとって面倒なものだと知っている。

「狙われてるけどな、今日は大丈夫や。柳生と名乗っている。下手人が身分明かしたようなもんや。言い逃れでけへん」

「いつもは違うと」

笑った一夜に駿河屋総衛門が確かめた。

「柳生とわからへんかったら、ええからな。闇討ち、すれ違いざま、待ち伏せ、いくらでもやりようはある。辻斬《つじぎ》りは江戸の名物や」

まだ戦国の気風は残っている。

「人を殺したことのない者など、戦場では役に立たない」

「一人斬って目録、十人殺せば免許」

こういったことがあからさまに言われている。そしてこれに乗る馬鹿もいた。

「刀の試し切りじゃ」

他にも新たに手に入れた刀や鑓《やり》、場合によっては弓の試しに町行く者を襲う。

こういった連中を辻斬りと呼んだ。

「…………」

駿河屋総衛門が一夜をしみじみと見た。

「わかってはりますやろ」

その目に一夜がちょっと怯《おび》えた。

「わかってますとも。わたくしども夜道は危ないとわかってますし、はばかりながら、顔を知られているわたくしは昼日中でも強盗に遭遇いたしますゆえ」

大店の主は牢人や貧しい連中にとって歩く財布のようなものであった。

「金を出せ」

刀や匕首《あいくち》を振りかざして脅す連中はまだまし、

「…………」

無言でいきなり斬りつけてくる者もいる。

駿河屋総衛門が首肯した。

「ですが、屋敷に連れこまれたら……」

武家屋敷のなかは、外からうかがい知れないし、大名屋敷となれば町奉行所の役人は手出しできない。惣目付が出張《でば》れば検めもできるが、ことが起こってからかなりときが経ってからになる。その間に死体を隠すなど、いくらでも隠蔽はできる。

「相手はしますけど、付いてはいきまへんで」

一夜が手を振った。

「それですみますか」

「すみますかやなく、すましますすねん」

懸念を払拭できない駿河屋総衛門に一夜が告げた。

「まあ、見ていておくなはれ」

一夜が心配ないと言った。

駿河屋は炭や薪を主に扱う。そのため店の土間は広い。奥から暖簾まで余裕で三間（約五・四メートル）はあった。

「なんしに来たん」

奥から店への間を仕切る襖《ふすま》を開けて、一夜は素我部一新に声をかけた。

「淡海……」

すんなりと一夜がでてきたことに素我部一新が一瞬戸惑った。

「呼んだんやろ。わたいが出てきて当然や」

一夜がそこで足を止めた。

「殿がお呼びだ」

「……殿、誰のことや」

「うっ……」

一夜に言われた素我部一新が呻《うめ》いた。

昨晩、まだ一粒の米ももらっていないと一夜に言われたばかりであった。

「柳生但馬守さまが……」

素我部一新が言いかたを変えた。

「そんなお偉い人とはつきあいがないな」

知らんと一夜が返した。

「……………」

端から気乗りしていない素我部一新である。一夜の反応に黙った。

「なにを愚図愚図している……」

外で待っていた主膳宗冬がしびれを切らして、店へと躍りこんできた。

「卑しき者」

主膳宗冬が一夜を見つけた。

「そこ、動くな」

主膳宗冬が太刀を抜き放った。

「阿呆やと思うてたけど、ここまでとは思わんかったわ」

一夜があきれた。

第三章　兄の訓《さとし》

一

主膳宗冬が一夜へ一刀を叩きこもうとした。

「いかん」

警戒していた素我部一新が急いで懐から縄のようなものを取り出し、主膳宗冬へと投げつけるように振るった。

「……なっ」

刀身に絡みついた紐《ひも》によって主膳宗冬が動きを止めた。

「なにをしている。放せ」

「放せませぬ」

主膳宗冬が素我部一新を怒鳴り、素我部一新が主膳宗冬へと険しい声を投げた。

「命令である」

主膳宗冬が怒鳴った。

「はあ」

その様子を見て一夜が聞こえるようにため息を吐いた。

「なんだっ」

頭に血の昇った主膳宗冬が一夜をにらみつけた。

「ここがどこかわかってまっか。御老中はもとより、お城へも出入りしてはる駿河屋はんの店内」

「それがどうした、たかが商人……」

「柳生を潰すのは、やっぱりあんたはんやなあ」

一夜が馬鹿にした顔で告げた。

「柳生を潰す……」

「ここでわたいを殺したら、駿河屋はんはすぐに訴えではりますで」

わかっていない主膳宗冬に一夜が述べた。

「将軍家剣術指南役である柳生に、手を出せる者などおらん」

「御老中堀田加賀守はんがいてはりまっせ」

「…………」

主膳宗冬も柳生家と堀田家の確執はわかっている。主膳宗冬が黙った。

「感謝しなはれや、素我部が止めなんだら、柳生は潰れ、おまはんと但馬守はん、十兵衛はんは切腹になってましたわ」

「うっ」

「ああ、心配せんでも柳生の血は残りますわ」

「おまえが跡を継ぐとでも言うか」

「なんでそんな罰を受けなあきまへんねん」

心底嫌そうに一夜が手を振った。

「きさま、大名になりたくないのか」

「百万石でもごめんですわ。これから傾いていく武家に喜んでなる連中の気が知れまへん」

驚愕した主膳宗冬に一夜が応じた。

「武士になれるのだぞ」

「わかってまへんな。これから武家はどこで活躍しますねん」

「これから……」

「徳川はんが天下を獲らはった。もう、天下に戦はおまへん。戦場がない武家はなんの役にたつんですかいな」

冷たく一夜が言った。

「天下の安寧を……」

「そんなもん、町奉行所だけで足りますわなあ。大名が江戸の町になんぞできますか」

「領地がある」

「柳生家がなくなっても、郷の者は困りまへんで。御上のご威光で近隣の大名は柳生の郷へ手出しでけへん」

「野盗、山賊の類いが」

「そんなもん、百姓でもどうにかできますわ。鉄炮《てっぽう》を持ってる猟師もいてますし」

最初に柳生の郷に行った一夜は、そこにどのくらいの百姓がいるか、猟師が何人か、鉄炮はあるかなどを把握していた。

「それでもあかんかったら、奈良《なら》奉行へ訴え出たらすみます」

「………」

反論できなくなった主膳宗冬が黙った。

「まちがえたらあきまへんで。人が生きていくうえで絶対にいるのは、武家やおまへん。畑を田圃《たんぼ》を耕す百姓でっせ」

「武士が不要だと言うか」

「不要ですなあ。百姓は米を作る、猟師は獣を狩る、さて、武士はなにを生み出しますねん」

「商人もなにも生み出さぬではないか」

「はあ……」

言い放った主膳宗冬に、一夜が天を仰いだ。

「商人がなにも生み出してない……ふざけるなよ、この阿呆」

「なっ、なにを」

不意に口調の変わった一夜に、主膳宗冬が混乱した。

「商人はものの価値を生み出していた。いや、今も生み出してる」

「なんだそれは。そのような形のないものなど無意味じゃ」

主膳宗冬が言い返した。

「ものの価値が無意味やと。ほな、どうやって米一石を売り買いする」

「それは売る方が値を付ければいい。欲しければ買うだろうし、不満なれば買わなければいい」

訊いた一夜に主膳宗冬が応えた。

「ほな、誰も柳生の米なんぞ買わへんわ」

「なぜ買わぬ」

「もっと安いところがあるからや」

「……わからんことを言うな」

「ものの価値が決まってなければ、誰がなにをいくらで買えばええかがわからんようになる。一石を一両というのはものの大まかな価値や。米にも上米、下米がある」

一夜が続けた。

「それを柳生はちゃんと分けているか」

「米は米じゃ」

問うた一夜に、主膳宗冬が嘯《うそぶ》いた。

「下米じゃな」

「なんだとっ」

主膳宗冬が一夜の判定に激した。

「俵に少しでも下米が入っていれば、残りすべてが上米でも、そう判断されるのが商いじゃ」

「柳生を馬鹿にするか」

「馬鹿にしているのは、そっちじゃ。そうせえへんと、しっかりと上米だけを俵詰めしている連中が割を食うやないか」

「わずかなことじゃ。そんな些細《ささい》なことを武士は気にせぬ」

「…………」

一夜があきれかえった。

「米を買うのは武士だけか」

「民どもなどに米は贅沢じゃ」

「阿呆も極まれりやな」

「まことに」

後を追うように店に出てきていた駿河屋総衛門がうなずいた。

「商人風情が口を出すな」

主膳宗冬が駿河屋総衛門に声を荒らげた。

「足し算、引き算がでけへんやつですわ。すんまへん」

嘆息しながら一夜が駿河屋総衛門に詫びた。

「淡海さまの責任ではございませぬ」

「いや、わたいのことで巻きこんで仕舞いました」

手を振った駿河屋総衛門に一夜が頭を垂れた。

「なにをしておる」

まだ素我部一新に抑えられたままの主膳宗冬が文句を付けた。

「……なあ、武士と民、どっちが多いと思う」

「民であろう」

不意に訊かれた主膳宗冬が一瞬怒気を散らした。

「それくらいはわかるか」

一夜が驚いた。

「ほな、米を買うのが誰かくらいもわかるやろう。まさか、武士だけで米が消費できると思ってはおらへんよなあ」

「…………」

さっき民に米などもったいないと言った手前がある。

主膳宗冬が口をつぐんだ。

「米を買うのは我らでございますよ」

駿河屋総衛門がもう一度述べた。

「そのわたくしどもは、どこの米を買うかは勝手でございますな。柳生さまの米を買う義理はございません」

「売ってやるのだ、ありがたく買え」

冷たい声の駿河屋総衛門に主膳宗冬が迫った。

「柳生さまより格上のお大名さまより、そう例えば堀田加賀守さまから同じご依頼があったとき、柳生家から買えと命じられましたので、お金がございませぬとお答えしても佳《よ》いのでございますれば」

「……むっ」

堀田加賀守の相手は難しい。

「加賀前田さま、仙台伊達《せんだいだて》さま、岡山池田《おかやまいけだ》さま、福岡黒田《ふくおかくろだ》さま、熊本細川《ほそかわ》さま……」

「ええい、黙れ」

駿河屋総衛門が名前を挙げた大名は、どれも柳生家など歯牙にかけない。いや、それどころか嬉々《きき》として嚙みついてくる。惣目付だったときの柳生に、ずいぶん苦労させられたのだ。その仕返しの大義名分ができた。

そうなるとわかっているからこそ、主膳宗冬は駿河屋総衛門の言葉を止めた。

「わかったやろ。そういった横槍を防ぐためにものの価値は要る。同じ上米ならば、そういった圧力も考えなあかん。しかし、上米と下米で同じ扱いをしてみい、民は一カ所からしか買えなくなる」

「一カ所……加賀の前田か、それとも老中堀田加賀守か」

「敬称を付けんかいな。ここやからと思うたらあかん。今、外からなかを窺っている者がいて、ご注進となれば、不遜なり、あるいは不敬であると咎めを受けるで。まあ、そうなったら、但馬守さまはおまはんを切り捨てるやろうけどな。すでに勘当をいたしておりますとか言うて、柳生へ波及せんように」

「息子ぞ、吾は」

一夜の話に主膳宗冬が顔色を変えた。

「わたいもな。残念やけど」

「…………」

同格の吾が殺されかかっていると暗に含んだ一夜に、主膳宗冬がぐうの音も出せなかった。

「話がずれた。そういった無理をさせないためにものの値打ちは決めとかなあかんねん。下米は一石いくら、上米はいくらとな。もちろん、最初に定めるのは、どこからどこまでを上米とし、これ以下を下米とするという基準やけどな。それも米商人が定めている」

「ちっ」

一夜の説明を聞いた主膳宗冬が舌打ちをした。

「素我部はん、もうええやろ。連れていってんか」

ずっと主膳宗冬を制している素我部一新に一夜が求めた。

「帰ってくれは……」

「これで帰ると言えるか。門を潜《くぐ》ったとたんに、伊賀者が襲いかかって縛り上げて、そのまま但馬守はんのもとへ連れていかれて、尋問されたあと胴と首が泣き別れになるとわかってるんやで」

おずおずと問うた素我部一新に一夜が首を左右に振った。

「それでは欠け落ちになるぞ」

御用ということで駿河屋総衛門のもとにいる一夜である。主君の帰還命令を拒んだとあれば欠け落ち者となり、上意討ちをかけられることになりかねなかった。

「別にかまわへん」

一夜が平然と言い返した。

「働いても報いない主君を家臣が見限るのは、武士の倣いやろ」

「…………」

正論に素我部一新が黙った。

「ご安心を」

駿河屋総衛門が口を挟んだ。

「先日、堀田加賀守さまからお召しを受けお伺いしたところ、淡海さまを旗本として抱え、勘定奉行を任せたいと仰せでございました」

「なっ」

「それはっ」

駿河屋総衛門が語った内容に、主膳宗冬と素我部一新が驚愕した。

「旗本かあ。それもええなあ。公方さまがわたいを気に入られたということや。そのわたいに手出ししたら、柳生はどうなる」

一夜が楽しそうに述べた。

「二つの家に仕えるなど、許されぬわ」

「いくつかの家から禄をもらっている武士はいてるで。大名の家臣で公方さまに気に入られた者とか、対馬の宗家に仕える柳川《やながわ》とかな」

柳川調信《しげのぶ》は朝鮮との交流を担っていることから幕臣として禄を与えられていた。

二君にまみえずとの忠義を持ち出した主膳宗冬を一夜が嗤った。

「主膳さま、一度戻りましょう」

「父にどう申し開きをするつもりだ」

「老中さまのお話を持ち帰れば、お叱りにはなりますすまい」

「……そうだな」

堀田加賀守の考えを知れただけでも大きい。

素我部一新の勧めに主膳宗冬が首を縦に振った。

「このままですむと思うな」

捨て台詞《ぜりふ》を主膳宗冬が吐いた。

「こっちのせりふじゃ。商人の戦い方、身に染みるがええ」

一夜が捨て台詞を叩き返した。

二

憤懣《ふんまん》やるかたない主膳宗冬は駿河屋を出たところで、素我部一新を殴りつけた。

「そなたが要らぬ手出しをせねば、あやつだけでも殺せたものを」

「……加賀守さまのお怒りを買いまする」

口の端から血を流したままで素我部一新が反論した。

「そ、そのようなものいくらでもごまかしは利く。第一、駿河屋が申したことが真実だという保証はない」

主膳宗冬が顔を真っ赤にして、素我部一新を叱りつけた。

「真実であれば……」

「柳生が潰れるか。そんなことはない。柳生家の功績は比類ないものだ。それに柳生は将軍家剣術指南役ぞ。言わば公方さまの師匠である。柳生家は末代まで安泰である」

「…………」

己に言い聞かせるように主膳宗冬が強く言った。

説得はできないと素我部一新が黙った。

「屋敷へ帰ったならば、覚悟せよ。そなたは主君の一門に手を上げたのだ」

「殿が連れて参れと仰せであったのに、命を奪おうとなさる……」

「うるさい」

もう一度主膳宗冬が素我部一新にげんこつを喰らわそうとした。

「止《や》めておけ」

主膳宗冬の右腕が摑《つか》まれた。

「誰っ……兄上」

振り向いた主膳宗冬が固まった。

「こやつが抑えなければ、吾が出た」

十兵衛が主膳宗冬をにらんだ。

「兄上が……」

その意味するところは、十兵衛の目から放たれる気迫で主膳宗冬にもわかった。

「な、なぜ、あやつをかばわれる。あのような柳生の恥さらしを……」

「あやつのことを恥というなら、そなたは恥の兄だな」

「兄などではございませぬ。わたくしは柳生但馬守が息子でございまする」

十兵衛の発言に主膳宗冬が抵抗した。

「なぜ、あやつが恥なのだ」

「商人風情の女が産んだだけでも卑しいではありませぬか。さらに生まれてから武家としての修練を何一つ受けることなく、算盤勘定、金のことばかりを学んでおりまする」

「主膳、そなた十年ほど郷で修行いたせ」

十兵衛が嘆息した。

「わたくしは公方さまにお仕えしておりまする」

主膳宗冬は家光の書院番を務めていた。

「そのようなもの辞めればすむ」

「なんということを。公方さまの御側にあることは名誉でございまする」

あっさりと辞職を命じた十兵衛に主膳宗冬が唖然とした。

「馬鹿が御側にいては、いつ御勘気を蒙《こうむ》るかわからぬ」

十兵衛が首を横に振った。

「兄上といえども、過ぎますぞ」

罵倒された主膳宗冬が怒った。

「馬鹿であろう。一夜が生まれたことが恥だと申したな。では、一夜の母を抱いた父はなんなのだ。たとえ戦場の気に当てられたとしても、女に精を放ったのは父だ。ゆえに一夜が生まれた」

戦場は死と隣り合わせである。歴戦の武将でもその恐怖を避けるのは難しく、女にぶつけるのは日常茶飯事であった。

「それはっ」

主膳宗冬が詰まった。

「次は何だ。一夜が武士としての修練を積んでいないのが恥だと申したの」

「刀さえ握れぬなど、武士ではございませぬ」

ここぞと主膳宗冬が十兵衛へ応じた。

「産ませるだけ産ませておいて、二十年手紙一つ、木刀の一本も送っていないのだぞ。武士としての修練なんぞ、できるはずもない」

「…………」

これも放置した柳生宗矩の責任であった。

「恥は誰のせいだ」

十兵衛がもう一度言ってみろと主膳宗冬を促した。

「…………」

主膳宗冬がうつむいた。

「算盤しかできぬとさげすんだの。その算盤も使えぬだろうが、そなたは。今の柳生の窮迫を救ったのは、その算盤しか使えぬ一夜である」

「吝嗇《けち》なだけでございまする。我ら柳生は公方さまよりご信頼をいただいておりまする。いずれ一万石の身代は二万石、三万石、いえ五万石へと増えましょう。さすれば年貢も増え、当家の内証もよくなりまする。今、武家らしからぬ商人のまねなどせずともすみますぞ」

必死に絞り出した理由を主膳宗冬が口にした。

「いつまでも石高が増えるわけなかろう。なにより、石高が増えれば軍役も多くなる。人を雇わなければならなくなるのだ。それを考えたか」

「………………」

欠点を指摘された主膳宗冬がふたたびうつむいた。

「そなたももう四百石取りの旗本である。金のことを学ばねばの」

「金勘定は得意ではございませぬ」

「それですまぬから一夜を呼び出したのだ」

十兵衛が小さく左右に首を振った。

「一夜でなくとも……」

「わかっておろうが、それくらいは」

しつこいと十兵衛の声が一層険しくなった。

「柳生には一夜しかおらぬ。一夜なればこそ、商人が動いた。もし、我らだけであったならば、出入り商人の不正を見抜けず、見抜けたところで、新たに付き合う商店を選ぶことすらできなかったであろう」

「兄上のおっしゃりたいことはわかりましてございまする。一夜が役に立つのは認めまするが、あの態度は許しがたい」

主膳宗冬が主旨を変えてきた。

「誰に対する態度だ」

十兵衛が目つきを鋭いものにした。

「……それは」

殺気さえ含んだ十兵衛の雰囲気に主膳宗冬が気圧《けお》された。

「父やわたくしへの対応が、あまりに無礼でございまする」

「当然の対応であろう。二十年放置しておいて、要るとなったら拉致同様に江戸へ連れてきて、ただ働きを強制する。さらにそなたは最初から一夜を下賤《げせん》と見なして、まともに扱わない。これにどうやって敬意を持てと」

「…………」

「都合が悪くなれば黙ればいいと教わったのか」

十兵衛が叱咤した。

「情けなしよな」

大きく十兵衛が息を吐いた。

「主膳、警告しておく。今度一夜にその刃《やいば》を向けたなら、吾は敵になる」

「兄上……」

宣告された主膳宗冬が息を呑んだ。

「分家するそなたは、好きにすればいい。御上から拝領した石高のなかで、なにをしようともそなたの勝手だ。だが、柳生の家を継ぐのは拙者だ。吾は柳生の家に一夜は要ると考えている。その一夜に手出しする者は、吾の、そして柳生の敵である」

十兵衛が告げた。

「ですが、父は……」

「父は当主であるが、柳生の未来《さき》を見ていない。父は今だけのお方じゃ。己の代だけ無事であればいい。そのような父を抑えるのは容易じゃ。加賀守さまから圧をかけてもらえば、なにもできなくなる」

主膳宗冬の疑問に十兵衛が答えた。

「素我部」

「はっ」

主膳宗冬との会話は終わったと十兵衛は素我部一新へと顔を向けた。

「吾の考えを父にしかと伝えてくれるように」

「はっ」

「あと一つ、そなたのことも吾は気にしていると」

「……十兵衛さま」

素我部一新が感激した。

このまま戻れば、まちがいなく素我部一新は、柳生宗矩の厳しい叱責を受ける。怒られるだけですめばいいが、場合によっては誅殺《ちゅうさつ》もある。

それを十兵衛は防ごうとしたのだ。

「なれば、帰れ」

「兄上はお戻りになられませぬので」

背を向けかけた十兵衛に主膳宗冬が尋ねた。

「せねばならぬことがある」

十兵衛が顔だけ振り向かせた。

「背後を襲わなかったことは褒めてやる」

「…………」

肚《はら》のなかで納得していないことを見抜かれた主膳宗冬が固まった。

柳生の荘に留められている左門友矩は、一人での稽古に倦《う》んでいた。

「……むなしい」

稽古というのは実践だけではなく、型稽古も空想の敵と戦うことも大事ではある。

とはいえ、一人でできることには限界がある。

「やあ」

「つえいい」

頭のなかに敵を生み出し、その動きを考え、それに最良の対処をおこなう。人とは思えない美貌の左門友矩がこれをしている姿は、まるで一人での舞のように美しい。

されど、人のやることである。いくら頭のなかで敵の動きを現実のものとして捉えたところで、無理があった。

結局のところ同じような動きを繰り返すだけになってしまう。

ならば、柳生道場で門弟相手に稽古をすればいいというところだが、病気療養という形を取っている以上、出稽古はまずかった。

見られてなければ、なにをしてもいいといえばいいのだが、左門友矩のことを偏愛している家光のことだ。見張りというか、見守りの隠密《おんみつ》を派遣している可能性はある。

「出稽古できるくらいならば、病はよくなったのであろう。早速に江戸へ呼び返し、出仕させよ」

家光からこう言われれば、拒否は難しい。

「決して道場へ出入りしてはならぬ」

左門友矩は国元へ幽閉されるとき、父柳生宗矩から太い釘を刺されていた。

「門弟を屋敷へ呼ぶことはかまわぬ」

もともと剣術遣いである。左門友矩が病床から見るだけでいいから剣術をと願うのは不思議ではなかった。

当初は希代の遣い手、左門友矩と稽古試合ができるとして、多くの門弟が屋敷を訪れたが、死ななければいいとばかりの激しい遣り取りに、怖れを抱いてしまい、人は減る一方、ついには誰も来なくなってしまった。

「やるか」

そんななかで左門友矩を怖れずに、試合を挑むのが十兵衛であった。

「参る」

ともに父を超える剣術の名人である。その稽古はまさに天狗《てんぐ》か鬼のような激しいものであり、木刀を使っているとはいえ、当たりどころが悪ければ死ぬ勢いであった。

「参った」

他人が見れば殺し合いにしか見えない稽古試合も、十兵衛と左門友矩の腕の差を確認する儀式でしかない。

「少し遅れましたか」

十兵衛の木刀を左肩に置かれた左門友矩が無念そうな顔をした。

「いや、その少し前、上段からの一刀のおりあと二寸（約六センチメートル）踏みこんでいれば、こちらが負けていた」

「あれ以上踏みこむ……」

十兵衛の評に左門友矩が考えこんだ。

「………」

すっと十兵衛が木刀を外し、

「……とう、りゃあ」

その場で左門友矩が一人で先ほどの動きをなぞる。

「ここか」

左門友矩が悔しそうに唇を噛んだ。

こうした遣り取りが、まだ左門友矩の不満を制していた。

その相手がいなくなった。

「兄上……」

木刀を左門友矩は真剣に変えた。

「参る」

脳裏の敵が左門友矩と同じように青眼に構える。

「はあ」

大きく左足を前へ出し、膝を折って姿勢を低くし、太刀を薙《な》ぐ。

「…………」

軽々と脳裏の敵がそれをかわし、薙ぎを放ってできた正面の空きへとするりと入りこんできた。

「読み通りなり」

そう来ると先読みしていた左門友矩が、勢いのまま流れていく太刀を手首の返しだけで翻した。

「てええい」

左門友矩は無理矢理引き戻した太刀で迫る脳裏の敵を突いた。

「…………」

見事な体重移動で脳裏の敵が突きをいなした。

「ならばっ……」

左門友矩が太刀を突きから撥《は》ねあげた。

「…………」

二人の攻防は二十合をこえた。

「きええええ」

息を荒くした左門友矩が右袈裟《みぎけさ》掛《が》けの一撃を放った。

「…………」

脳裏の敵が防ぎきれず、血しぶきを噴いた。

「吾、兄上に勝てり」

満足そうに左門友矩が口の端を吊りあげた。

三

保身ほど大事なものはない。

駿河屋総衛門の家から出た一夜は、周囲を気にすることなく堀田加賀守の屋敷を訪れた。

「淡海どのか」

門番も咎めることなく一夜を通してくれた。

老中の門番は陪臣でありながら、主君の威を借りて傲慢なことが多い。小旗本や陪臣などは平気で呼び捨てる。その門番が一夜に敬称を付けた。

「かなんなあ」

潜り門を通過して表御殿へと向かった一夜がため息を吐いた。

「他人が聞いていたら、何者やと注目しよるがな。わざとやろうけど」

一夜がぼやいた。

「さて、まだお帰りやないわな」

老中は昼八つ（午後二時ごろ）で下城するのが慣例である。とはいえ、城中でなければ片付けられない仕事や、役人との面会、家光の呼び出しなどもあり、屋敷へ帰るのはよくて七つ（午後四時ごろ）であった。

「白湯《さゆ》をもらお」

老中だけでなく、ちょっとした武家の屋敷には、玄関脇に供待ちの小部屋があった。

その名前のとおり、来客の供をしてきた下士、中間《ちゅうげん》、小者《こもの》たちが主君の退出を待つ場所で、家によって違うが、茶、菓子、煙草盆《たばこぼん》などが置かれていた。

「茶があるけど……」

一夜は茶葉には食指が動かなかった。駿河屋で出される茶葉のうまさを知ってしまうと、他のものが飲めなくなる。

「……江戸は水もまずい」

城下を縦横無尽に川が走っている大坂と違って、江戸は水の便が悪い。堀田家くらいになると深い井戸を掘っているが、土のせいか江戸の水はどうしても一夜にはなじめなかった。

「どのくらいで買うかやな」

堀田加賀守を待つ間、一夜は算盤を取り出して計算を始めた。

「江戸でもっとも安くうまい米は……」

幕府の米蔵が江戸にはある。関ヶ原から奥州の果てに至るまでの米が江戸には集まる。

「ちょっと調べただけやけど、東北は凶作ではなさそうや」

奥州は冷害が起こりやすい。毎年とは言わないが、数年に一度、凶作になる。領地によっては、米が例年の四割しか穫れないといった目に遭うところもあるのだ。

「かと言うて、奥州の米は……」

寒い地方の米はどうしても粒が小さくなる。夏の日差しがどうしても足らないからであった。

「越後《えちご》、羽州《うしゅう》、信濃《しなの》あたりも同じや」

一夜は西国の飢饉で米の値段が上がると読んでいた。

「となると残るは東海道沿いか、関東やな」

「お帰りいいいい」

そこへ語尾を独特の伸ばし方をする供頭の声が聞こえた。

「もう……考え出すと夢中になる癖は治さなあかんな」

集中すれば周りが見えなくなる。

「刻み足か」

老中の乗る駕籠《かご》は、普段から駆け足の様相を取っていた。

これは天下になにかあったときだけ駆け足であったならば、見ていた者が異変に気づくということで、普段からこうしていた。

「領国をなげうってもよい。一度刻み足に乗ってみたい」

とある外様大名がそう言ったといわれるほど権威のあるもので、刻み足の駕籠と行き会えば、それが御三家であろうが、加賀前田家であろうが、彦根《ひこね》の井伊《いい》家であろうが、道を譲らなければならなかった。

「……お戻りなさいませ」

堀田加賀守の駕籠が、門内に入っても刻み足をそのまま足踏みのように続けているのは、用人たちの出迎えが整うのを待つためであった。

「うむ」

用人たちが玄関式台で平伏するのを見て、ようやく堀田加賀守が駕籠から出てきた。

「出迎えご苦労である。余が留守中になにかあったか」

「淡海どのがお目通りを願っておりまする」

堀田加賀守が問うた。

「……ふむ。着替えをいたす。その後、淡海を通せ」

「ご書院へでございましょうか」

用人が確認した。

　堀田家くらいになると客座敷もいくつかあった。最上級である家光の御成《おなり》を迎える御成部屋、同じく老中や大名たちのための客間、そして各藩の重役、江戸の豪商と会談する客間。それ以下がないのは、陪臣やその辺の商家などと堀田加賀守は会わないからであった。

「うむ」

　堀田加賀守がうなずいた。

「……承知いたしましてございまするる」

　主君の指図とあれば、否やを言うことはできなかった。

　用人が首肯した。

「茶と茶請けもな」

「……はい」

　予想以上の厚遇に用人が一瞬戸惑った。

「よいな」

　念を押して堀田加賀守が御殿へと足を進めた。

「それほどの相手なのか」

用人が顔色を変えた。

「すぐに御殿内の客間へ……」

門番から一夜が来たことは報されている。しかし、用人は出迎えたり、歓待したりせず、放置した。

「淡海どの……」

用人が供待ちへと急いだ。

「お帰りのご様子で。お目通りは叶いますすやろうか」

白湯を啜《すす》っていた一夜が訊いた。

「叶いまする。どうぞ、なかへ」

「もうですか」

帰ったばかりで目通りができるとは思っていなかった一夜が驚いた。

「いえ、主は身支度をしておりまする。その間、客間にて」

「庭先でのお目通りならば、ここが便利ですが」

身分からいって、縁側に立つ堀田加賀守、庭に平伏した一夜という形になるのが通常である。前回のような形は特例であった。

「いえ、ご書院で」

「それは……」

　一夜も目を剝いた。

「とにかく、ここにおられては困りまする」

　用人が一夜を促すと言うより急かした。

「……なるほど」

　焦りようから用人がなにを怖れているか一夜は見抜いた。

「では、ご案内をお願いいたしまする」

　ここで皮肉を言うのは、用人との関係をこじらせかねない。また、恩着せがましいのもいつか徒《あだ》になる。

　気づかないふりをするのが、最良だと一夜は知らん顔をした。

「どうぞ」

　安堵の息を吐いて、用人が一夜を奥へと案内した。

　堀田加賀守は近習に手伝わせて、着替えをした。

「ああ、袴《はかま》はよい」

袴を用意しようとした近習に堀田加賀守が手を振った。

「よろしいのでございますか。お客さまだと伺っておりまするが」

近習頭が確認した。

客と会うとき、武士は袴を身につけるのが礼儀であった。

「かまわぬ。気を遣う相手ではない」

堀田加賀守がもう一度手を振った。

「はっ」

それ以上言うのは、諫言になる。諫言は主君のためにおこなうものではあるが、受け取るほうによって、うるさいと思われることが多い。一つまちがえれば、差し出口とされて、咎めを受けることにもなりかねない。

命をかけるほどのことではない。すんなりと近習頭が引いた。

「よし、淡海をこれへ」

着替えを終えた堀田加賀守が命じた。

「……淡海どのをお連れいたしましてございまする」

すぐに用人が淡海を連れて、書院前の廊下に控えた。

「うむ。入るがよい」

堀田加賀守が一夜に入室の許可を出した。

「他の者は遠慮いたせ」

「それはいけませぬ」

近習頭が顔色を変えた。

「淡海、今日の話は余人に聞かせても問題ないか」

「絶対漏れないと加賀守さまが仰せになられるならば、百人でも二百人でも同席いただいて問題はございませぬ」

確かめるような堀田加賀守に一夜が責任を丸投げした。

「ならば他人払いをせねばならぬの」

「殿っ」

堀田加賀守の返答に、近習頭が顔を真っ赤にした。

「そなたは信用しておるが、他の者はどうじゃ」

「我ら近習は、決して殿を裏切るようなまねをいたしませぬ」

問われた近習頭が胸を張って反論した。

「それでも漏れたときはどうする」

「わたくしめが腹を切ってお詫びいたしましょう」

意地悪く訊いた堀田加賀守に近習頭が覚悟を口にした。

「見事なり」

まず堀田加賀守が近習頭を褒めた。

「しかし、そなたが責任を取ったところで、余から近習への不信は拭《ぬぐ》えぬぞ」

「……それはっ」

信頼すべき側近が裏切ったという事実は重い。

「二度と余の信用を預けられぬ近習組を作るか、疑いを招くことのないようにあらかじめ対応しておくか」

「ですが……」

ちらと近習頭が一夜を見た。

「ご心配は当然でございまする」

一夜はうなずいて、両刀を外し、懐中をくつろがせ、懐刀《ふところがたな》などを隠していないと近習頭に見せつけた。

「心配するな。こやつに算盤は遣えても刀は遣えん」

堀田加賀守も援護した。

「……承知いたしましてございまする。別室にて控えおりまするゆえ、なにかございましたらお声をおかけくださいませ」

近習頭が配下を連れて下がっていった。

「では、わたくしも」

用人もそそくさといなくなった。

「ご勘弁をくださいませ」

廊下で一夜が苦笑した。

「すまぬの。当家は余一代で大名になりあがったのでな。譜代の家臣というのがほとんどおらぬ。近習も新参しかおらぬありさまじゃ。もちろん、あやつらの忠義を疑ってはおらぬがの。牢人の身分あるいは部屋住みから藩士になれたのだ。気分がどうしても浮いておる。それを引き締めるのも主の仕事じゃ」

「巻きこまれたわたくしは災難でございます」

一夜がぼやいた。

主君を恨むわけにはいかないので、近習たちの苛立ちは一夜に向かうことになる。

「老中に会えるのだ、それくらいは我慢いたせ」

堀田加賀守が笑った。

「さて、無駄な話はこれまでとしよう。近う寄れ」

「では、遠慮なく」

手招きされた一夜が堀田加賀守が手を伸ばせば届くほどのところへ移動した。

「肚のあるやつよな」

これには堀田加賀守も驚いた。

普通は目上から呼ばれたとしても、二度ほど躊躇《ちゅうちょ》してみせるのが礼儀とされていた。あなたの威光に畏れ、近づき難いと態度で表すのだ。

「意趣返しでございまする」

先ほどへの仕返しだと一夜は平然と応じた。

「やれ」

堀田加賀守が嘆息した。

「それよりも、そのうさんくさい言葉遣いを止めよ。気味が悪いわ」

「よろしいんで。後で不敬じゃ手討ちにいたすとは」

一夜が念を押した。

「余は執政じゃ。殺したほうがよい奴、生かして遣うほうがよい奴の区別は付く」

「遣われますんや」

楽しげに言う堀田加賀守に一夜が肩を落とした。

「ほな、仕事をしますか。加賀守さま、ご領国の稲はどないですか」

「別段、国元からはなにも申して参らぬ。例年通りというところであろうよ」

老中は多忙である。ましてや家光大事の堀田加賀守にとって、幕政が第一で藩政への興味は薄い。

「関東は無事……と」

「やはり西国はまずいか」

呟いた一夜に、堀田加賀守が眉間《みけん》にしわを寄せた。

堀田加賀守はしっかり駿河屋総衛門の言いたいことを理解していた。

「上方では茶道具や数寄ものの売りが多くなってますわ」

一夜がうなずいた。

「……………」

堀田加賀守が腕を組んだ。

「御上の年貢は西国に頼っている」

「東海以北の米は、御家人の禄、役人の扶持米《ふちまい》などで消えますか」

少しして口を開いた堀田加賀守に、一夜が尋ねた。

「さすがにすべてというわけではないが、御上を回すだけの金にはならぬ」

堀田加賀守が首を横に振った。

物成のいい西国だが、その米を江戸まで運ぶのは手間がかかる。そのため西国の年貢は上方で売り払い、できた金を大坂、京、そして江戸での費えとして使用していた。

「いい手立てがあるのだろう」

提案があるから来たのだろうと、堀田加賀守が一夜を促した。

「西国は関東よりも刈り入れが早いのを利用するしかおまへん」

「なるほど、西国が不作となれば米の値段があがるか」

あっと言うまもなく堀田加賀守が一夜の提案を読み取った。

「ならば、今から上方で噂を流せば……」

「お止めになったほうがよろし」

早いほうが値が吊りあげられると考えた堀田加賀守を一夜が止めた。

「なぜじゃ」

「米の値段に御上が口出しするのはええことおまへん。ものの値段は商人に任せておくべきですわ。もちろん、あくどく吊りあげて儲けを多くしようとする商人も出てきますやろうけど、そういった目の前の儲けしか見えてない奴はかならず潰れます。誰も相手にせえへんなりますよって」

「御上も同じだと」

「より悪いでっせ。米は人が生きていくのに必須なもの。それを御上が自儘《じまま》にしはったら、値が上がったことで買えなくなった連中の恨みを買いますわ。さらに百姓も爆発しまっせ」

「百姓が……米が上がれば百姓も儲かるだろう」

「自前の百姓で御上の領地なら、儲かりますやろ。自前の田を持たない水呑《みずのみ》百姓は売るほどの米を手に入れられへんし、年貢の高いところでは、残った米なんぞ微々たるもんでっせ。しかも来年の籾《もみ》もそこから出すとなったら、儲かるとはいきまへん」

「むっ」

一夜の説明に堀田加賀守が唸《うな》った。

「そういった値段の案配は商人が得意とするところ。御上は逆に値上がりしすぎないように見張るようにすべきですわ。そうすることで民は、御上が見てくれていると安心します」

「……勘定奉行を」

語り終わった一夜を堀田加賀守が勧誘した。

「柳生でも苦労したんでっせ。御上のお旗本は、わたいの言うことなんぞ、聞いてくれまへんわ」

一夜が拒否した。

四

手ぶらで帰ってきた主膳宗冬と素我部一新を迎えた柳生宗矩は、不機嫌を露わにした。

「どうしたというのだ」

「申しわけございませぬ」

「あの者が否やを申しまして」

柳生宗矩の詰問に素我部一新はただ謝罪し、主膳宗冬が言いわけをしようとした。

「一夜一人を取り押さえることさえできなかったと。二人もいてだ」

「こやつが、わたくしの邪魔をいたしましてございまする」

主膳宗冬が素我部一新を睨んだ。

「なにがあった」

「…………」

主君の息子の行状を言いつける形になる。

「申せ」

逡巡した素我部一新に柳生宗矩が険しい声で命じた。

「駿河屋を訪ね、淡海どのが出てこられたとき、いきなり主膳さまが斬りかかられましたので」

「黙れ、素我部」

状況を話しかけた素我部一新を主膳宗冬が止めようとした。

「おとなしくせよ」

柳生宗矩が主膳宗冬を叱りつけた。

「それを止めたか。主膳、なぜそのようなまねをした。余は連れてこいと命じたはずだぞ」

「父上の言葉の裏を読んだだけでございまする」

「裏だと」

「さようでございまする。父もあやつが柳生の毒であるとお考えでございましょう」

「ああ」

主膳宗冬の言い分を柳生宗矩が認めた。

「武士が金の心配をする。これは武士の根幹を揺るがす恐るべきもの。金のことなど考えず、馬前で手柄を立てることこそ武士の本懐。あやつのような考えが拡がれば、金に頭を下げる者が増え、武士の天下は潰《つい》えまする。そうなれば剣を学ぶより算盤を修練したほうがよいとなりましょう」

「剣が……柳生新陰流が寂れることになる」

柳生宗矩も同意した。

「毒を呑んでからは遅うございまする。呑む前に、効果が現れる前に毒は除《の》けねばなりませぬ。ゆえにわたくしめは、あやつを討とうといたしましてございまする」

滔々《とうとう》と主膳宗冬が持論を展開した。

「主膳、そなたの考えは正しい」

「おおっ」

主膳宗冬が父の言葉に歓喜した。

「されど、武だけではやっていけぬのも世の定めである。旗本ならば、それでよかった。戦場で真っ先に敵陣へ斬りこみ、首をあげればいい。馬一匹、鑓《やり》一筋で生きていける。だが、大名となれば話は変わるのだ。大名家は当主が討たれれば、家が滅ぶ。つまり一騎駆けをしてはならなくなるのだ」

「それはわかりまする」

戦場で主君が討たれたら、どれほど相手を圧していようとも負けである。かつて織田信長に討たれた今川義元《よしもと》が、そのいい例であった。今川の兵二万五千に対し、織田はわずか三千だったのだ。今川義元を討たれた後も攻め続けていれば、織田は確実に滅んでいる。

旗本だったら徳川将軍が生きてさえいれば、柳生宗矩が討ち死にしても戦は負けにならない。しかし、大名家は違った。徳川が起こした戦に譜代大名として参戦したなら、まだいいが、国境の紛争などで柳生宗矩が出陣、万一があったらそこで戦の負けは決まる。

「わかるならば、金が要ることも理解できよう。余を守る家臣たちを抱えるにも、鎧《よろい》や弓などの武具、鎧兜などの防具を揃《そろ》えるにも金がかかる」

「家臣は忠義ある者を重用すれば……」

「忠義は無償ではないぞ」

柳生宗矩が主膳宗冬の理想を否定した。

「そもそも忠義をそなたはわかっていない。なぜ家臣が忠義を尽くすのか。それは柳生が徳川家に忠誠を誓っていることにも繋がる」

一度柳生宗矩が話を止め、じっと主膳宗冬を見つめた。

「…………」

その内容を鑑みたのか、主膳宗冬が姿勢を正した。

「忠義を、当主を守って命を捨てる。人としてもっとも恐怖であるはずの死を凌いでまで主君を大事にするのは、己の子孫を保護してもらうためだ。家臣が死んでも、その息子、その孫と召し抱えてもらえば、子々孫々まで生きていける。明日の米の心配を子や孫にさせずともすむ。ゆえに忠義という名の身を捨てる行為ができる」

「お言葉ですが、潰された大名の家臣のなかには主君に殉じた者もおりまする」

大名家を潰してきた柳生だからこそ、その光景を知っている。

「おのれ、徳川」

「あの世までお供を」

咎めを受けて潰された大名家の城受け取りなどの際に抵抗する者、切腹を命じられた主君に殉死する者は少ないがいた。

「こじらせた馬鹿どもだ。それは」

一言で柳生宗矩が切って捨てた。

「忠義を尽くした吾こそ、武士のなかの武士だとか、殉死するほど高潔な士であったという後世の評判を求めた、己に酔う愚か者じゃ」

「そんな……」

まだ武家への幻想が残る主膳宗冬が啞然とした。

「その証《あかし》に馬鹿どもの子孫はどうなっている。どこぞに仕官できたか」

「…………」

主膳宗冬は答えられなかった。

「たしかに潰された大名の縁筋に、殉死した者の子を拾った家はあるようだが、それを忠義と取るようでは、そなたに大名の資格はないぞ」

「どういうことでございましょう」

「城の受け渡しに抵抗した馬鹿どもの跡継ぎは誰一人として召しかかえられていない」

わからないと首をかしげた主膳宗冬に柳生宗矩が告げた。

「御上に逆らった者を抱えることは、己も不満があると言っておるのと同じなのだ」

「謀反《むほん》を考えていると……」

主膳宗冬が息を吞んだ。

「そう取られてもしかたあるまい。余が惣目付ならば、すぐにその大名家を潰す。いい理由になる」

「…………」

　幕府の怖ろしさに主膳宗冬が震えた。

「対して殉死した者の跡継ぎを召し抱えるのは、情からだと見逃される。また、親戚一門でありながら、救いの手を出さなければ情がないとして世間から嫌われる」

「世間体でございますか」

「武士の体面は世間体ぞ」

　怪訝な顔をした主膳宗冬に柳生宗矩が教えた。

「忠義も世間体……」

「そうじゃ。忠義を尽くした振りをしておかねば、譜代の家臣とは言えまい。そして主君も体面を考えて、死んだ家臣の遺族を丁重に扱う」

「なにもかも体面、世間体……」

　現実を見せられた主膳宗冬が愕然《がくぜん》とした。

「わかったであろう。武士は体面を重んじ、その体面を維持するためには金が要る。たしかに一夜の考えていることは毒だ。それをわかっていてあやつは進めている。あやつにとって武士は不要でしかない。いや、敵だな」

「敵でございまするか」

主膳宗冬がうつむいていた顔をあげた。

「あやつは大坂で生まれ育った。大坂が夏の陣でどれほどの被害を受けたかをその復興とともに見てきた。商人が代を重ねてようやく築きあげた財を武士は一瞬で奪う」

「戦では当然でございましょう」

「そう言えるのは、そなたが武士だからだ。一夜は武士ではない。奪われる側の商人である」

柳生宗矩が首を左右に振った。

「主膳、あらためて命じる。父が言うまで、要らぬ気配りはするな。そのときが来たら、そなたに一夜を討たせてくれる」

「そのときとは……」

告げた柳生宗矩に主膳宗冬が尋ねた。

「柳生の内政が確定したとき」

「わかりましてございまする」

お墨付きを得た主膳宗冬が首肯した。

「では、素我部」

「はい」

「やむを得ぬこととはいえ、一門への手出しを許すわけにはいかぬ」

「…………」

咎めると言った柳生宗矩に素我部一新が顔を伏せた。

「家禄を半減のうえ、江戸詰を解き、国元へ戻す」

「承知いたしましてございまするる」

あのまま放置していれば、もっとまずいことになったことをわかっての処罰に、素我部一新は文句を付けなかった。

ここで柳生宗矩のやり方を非難すれば、手討ちになる。

素我部一新は無表情で罰を受けた。

「下がってよい」

「はっ」

手を振られた素我部一新が柳生宗矩のもとから去った。

「……主膳」

「なにか」

「あやつを討て」

「素我部をでございまするか」

柳生宗矩の命に、主膳宗冬が驚愕した。

「功績を咎めに替えられても、あやつは表情一つ変えなかった。あれは余を見限った顔であった」

「見限った……では」

「おそらく柳生を出奔しよう」

主膳宗冬の確認に柳生宗矩がうなずいた。

「わかりましてございまする」

勢いこんで主膳宗冬が立とうとした。

「今ではない。屋敷のうちはまずい」

「屋敷内であれば、いかようにも隠避できまする」

後始末が簡単だと主膳宗冬が柳生宗矩の指図に異を唱えた。

大名家の江戸屋敷は、出城と同じ扱いであった。なかでなにがあろうとも、たとえ火事が発生しようとも、表門が閉じられていた場合は、誰も手出しできない。

「そなたは周りをよく見る修練をまだまだ積まねばならぬ」

「周りが見えていないと仰せでございますか」

父でもあり、剣術の師匠でもある。

主膳宗冬が教えを請う態度になった。

「当屋敷におる伊賀者は素我部だけではないぞ。そやつらが素我部への仕打ちを見て、どう行動するかを考えて見よ」

「……逃げ出す」

「うむ」

主膳宗冬の導き出した答えに柳生宗矩が首を上下させた。

「そしてそれは伊賀と当家の決別に繋がる」

柳生宗矩が苦く頬をゆがめた。

柳生の郷と伊賀は近い。乱世でも争わなかったという希有《けう》な経緯をとっていた。その両者が主従関係になったのは、伊賀には国を代表する国人《こくじん》領主がいなかったからであった。

甲賀《こうか》もそうだが、忍というのは気心の知れた少数で群れを作る。秘術の隠匿、強い連帯感を生むなど利点も多いが、天下が定まったときには不利になった。

伊賀の国益を代表する者がいなかったため、幕府、すなわち徳川家に相手にされなかったのだ。確かに一部は幕府に召し抱えられ、伊賀組、甲賀組となったが、それ以外の褒賞はなく、逆にまとまりがないことを利用され、伊賀は津藩藤堂《つとうどう》家に、甲賀は幕府領に編入された。

伊賀も甲賀もそうだが、すべての地侍が幕府に召し抱えられたわけではなかったというより、大多数がそのまま伊賀や甲賀に残された。

もちろん、新たな伊賀の国主となった藤堂家に仕官した者もいるが、それもわずかでありほとんどの伊賀者は郷士になるしかなかった。

だが、伊賀は山国であり、とても残った伊賀者を養うだけの収穫は望めない。そこで伊賀者の一部が糧を求めて、乱世からかかわりのあった柳生を頼ったのであった。

「伊賀は身内の結束が固い。素我部を討ち果たしたのが我らだと知られれば……」

「家中が割れまするか」

「割れるだけならいいが、もし伊賀者が惣目付のもとへ訴え出たら、家中取り締まり不行き届きとなる。上意討ち、手討ちはそれだけの理由が要るのだ」

「惣目付だった柳生が潰されると」

主膳宗冬が思わず大きな声を出した。

「鎮まれ、聞こえるだろうが」

柳生宗矩が息子を叱った。

「も、申しわけございませぬ」

蒼白となった主膳宗冬が頭を垂れた。

「江戸を離れるまで手出しをするな」

「品川《しながわ》をこえれば、ということでございましょうか」

東海道最初の宿場でもある品川は、江戸から近い。釣りや船遊びで江戸の町民が日帰りで遊びにいくほどである。剣術遣いであり主膳宗冬ならば、半日かからず往復できた。

「品川は関東郡代伊奈《いな》の支配地、江戸のように町奉行所があるわけでもない」

捕吏の数が少ないと柳生宗矩が告げた。

「だからといって、街道筋で斬り合うようなまねはするな。どこで誰が見ているかもわからぬ」

「お任せくださいませ」

主膳宗冬が胸を叩いた。

「言うまでもないだろうが、忍の相手は難しいぞ。剣の間合い外から手裏剣を撃ってくることもある。なにより忍は逃げ足が速い。煙玉に撒《ま》き菱《びし》と道具も豊富に使う」

「承知しておりまする」

柳生道場では忍との稽古試合もある。

主膳宗冬が自信を見せた。

「決して逃がすな。そして、かならず止《とど》めを刺せ。忍は人外化生《けしょう》のものである。死んだ振りは得意ゆえな」

「ご懸念には及びませぬ。確実に止めを入れまするる。では、準備をいたしますゆえ、これにて」

主膳宗冬が腰をあげた。

第四章　旅路のなか

一

一夜《かずや》は堀田加賀守《ほったかがのかみ》と交渉し、藩内の米を駿河屋総衛門《するがやそうえもん》に取り扱わせる許可を取った。

「あとは、駿河屋はんに任せるか」

堀田加賀守の屋敷からの帰途、一夜は今後の予定を考えていた。

「一度、柳生《やぎゆう》の郷《さと》へ行かなあかんな。但馬守《たじまのかみ》と主膳《しゆぜん》はどうなろうとかまへんけど、十《じゆう》兵衛《べえ》はんのことがあるからなあ」

一夜は嘆息した。

「十兵衛はんが柳生家を継いだとき、借財で首が回りまへんだけは避けたい」

「ありがたいの」

独りごちていた一夜の背後から声がかかった。

「うわっ」

一夜が驚かされた猫のように跳びあがった。

「ほう、なかなかの高さだ」

「十兵衛はん……」

おもしろいといった風の十兵衛へ、一夜が脱力した。

「不意は勘弁しておくれやすな。心の臓が三遍くらい止まりましたで」

「心臓くらいなら、叩《たた》けば動く」

苦情をつけた一夜に十兵衛が平然と応じた。

「まだ死んだ母に会いたいとは思いまへん」

一夜が膨れた。

「あはははっは」

楽しいと十兵衛が笑った。

「で、なんの御用ですねん」

ようやく落ち着いた一夜が問うた。

「用というほどではないが、一つ言い忘れていたことがあってな」

「大坂へ行ってくださったことなら聞きましたで」

言われた一夜が首をかしげた。

「淡海屋《おうみや》で佐夜《さよ》を見かけた」

「はあ」

十兵衛の発言に一夜が間抜けな声をもらした。

「佐夜、佐夜はんって、素我部《すがべ》はんの妹の」

「うむ。柳生で見かけたことがあってな。あれだけの女じゃ、しっかりと覚えている」

確かめた一夜に十兵衛がうなずいた。

「な、なんで大坂に」

「そなたにかかわることしかあるまい」

理解が及ばないと慌てる一夜に十兵衛が告げた。

「美人局《つつもたせ》しよったから、追い出したんですが」

「その辺は知らん」

十兵衛が江戸での事情はわからないと首を左右に振った。

「説明すんのも面倒なので、省きますけど……ようは柳生にわたいを括《くく》りつけておくための鎖ですわ」

「なるほど。佐夜はまさに適任だな。相手が一夜でなければな」

十兵衛が納得した。

「永和《とわ》どの、須乃《すの》どのを許嫁《いいなずけ》としておるならば、佐夜でも勝てんな」

「あのう、二人ともやおまへんけど……」

勘違いを止《や》めてくれと一夜が訂正を申し入れた。

「一人も二人も些細《ささい》なことだ」

気にもせずに十兵衛が手を振った。

「で、そろそろ用意はできたか」

五日という話はどうなったと十兵衛が問うた。

「ほとんど用はすませましたよって、明日には江戸を出ようかと」

一夜は柳生の郷へ向かうと答えた。

「そうか。ならば、拙者《せつしや》も江戸を出るとする」

「よろしいんか。柳生家に顔出しせんでも」

「父と弟を叩き斬ってもよいのだな」

気を遣った一夜に、十兵衛が凄《すさ》まじい笑顔を見せた。

「そんなことをしたら、柳生が潰《つぶ》れまっせ」

「大丈夫だ。左門《さもん》を江戸へ戻して、あらたな柳生の当主に据えればいい。公方《くぼう》さまは喜んで左門を剣術指南役に任じるだろう」

一夜の懸念を十兵衛が笑い飛ばした。

「柳生の家を左門はんに渡して、十兵衛はんはどないしますねん」

「もう一度廻国《かいこく》修行をするか。金は出してくれるだろう」

身の振り方を尋ねた一夜に、十兵衛が述べた。

「十兵衛はんにならば、金を出してもよろしいけど、それに見合うもんがないと」

「そうよなあ。廻国の途中で見つけたものを大坂へ送るでどうだ」

渋る一夜に十兵衛が返した。

「十兵衛はんに目利きが……」

「値打ちまではわからんが、本物か偽物かはわかるぞ。偽物は本物に似せなければならないという条件があるからな、どうしても窮屈だ」

十兵衛が真贋《しんがん》の見分けならできると言った。

「なるほど」

一夜が少し悩んだ。

「まあ、いずれの話だ。会わなければ腹も立たぬ。吾も親殺しをしたいわけではない」

手を振って十兵衛が一夜の思案を切った。

「頼みまっせ。今、柳生に面倒はごめんです。これ以上手間をかけることになったら、わたいが但馬守をやってしまいますわ」

「ほう、どうやって父を片付ける」

一夜の言葉に十兵衛が興味を持った。

「直接どうこうできるわけおまへん。剣さえまともに握られへんのでっせ」

「…………」

無言で十兵衛が一夜に続きを促した。

「えげつない話でっせ」

一夜が聞かないほうがいいと助言した。

「剣術遣いほど酷《むご》い者はおらぬ。戦いとなれば遠慮なく人を斬る。相手に妻がいようが、幼い子があろうが、歳老《とし》いた親が泣こうが、そのようなものは斟酌《しんしゃく》の理由にもならぬ。人に会えば人を斬り、鬼に会えば鬼を斬り、仏に会えば仏を斬る。これが剣術遣いの本質だ」

十兵衛が真顔で言った。

「はあ」

一夜が息を吐いた。

「但馬守は柳生の家を保つために必死。なら、己のせいで柳生家が改易《かいえき》になるとしたら……」

「腹を切るな」

問い変えるような一夜に、十兵衛が即答した。

「すでに手は打っているな」

十兵衛が一夜の目を覗《のぞ》きこんだ。

「……はい」

一夜が認めた。

「怖いやつよな。やはり一夜にも柳生の血が流れているの」

「これだけはしようがおまへん。子に親は選べまへんよってな」

憐《あわ》れむような十兵衛に一夜が苦い顔をした。

「すまなかったな。嫌な思いをさせた」

「いいえ、かえって肚《はら》をくくりましたんで」

詫《わ》びた十兵衛に一夜が手を振った。

「では、明日。明け六つ（午前六時）過ぎに迎えに参る」

「宜《よろ》しゅうお願いします」

二人は明日を約して別れた。

素我部一新《いっしん》は長屋で旅立ちの用意をしていた。

「鍋釜《なべかま》まで持っていくわけにはいかぬな」

生活していた長屋には、鍋釜の他に夜具や簞笥《たんす》代わりの木箱などがあった。

い。

「残していけば、誰ぞが使うだろう」

忍《しのび》は身軽でなければならない。鍋釜や夜具を背負って、跳《と》んだり跳《は》ねたりはできない。

「道中の着替えと銭だけでいいか」

素我部一新は旅の用意を終わらせた。

「……………」

一瞬、気配を探った素我部一新は、誰も見張っていないことを確認し、居間の床板を剝がした。

「……補充しておくべきであった」

素我部一新が床板の下の隠し場所から、棒手裏剣を取り出した。

棒手裏剣は五寸（約十五センチメートル）ほどの鉄芯の片方を鋭く尖《とが》らせたもので、さほど遠くまでは飛ばせないが、それでも刀や鑓《やり》の間合いを凌駕《りょうが》する。

手のうちに隠すこともできるし、握りこんで突くという遣い方もできる。

そもそも鉄製であるため、当たればまず肉を裂き骨を砕く。刀で防ごうとしても切り飛ばすことはできないし、受け損なうと刀身が折れる。

「誰が刺客として来るか」

素我部一新は柳生宗矩《むねのり》が黙って国入りをさせる気はないとわかっていた。

「主膳さまでなければいいが……」

さすがに主膳宗冬《むねふゆ》を返り討ちにすれば、柳生宗矩が動く。柳生道場の高弟たちが新たな討っ手として素我部一新が死ぬまでくり出されるし、主筋を殺したとなれば伊賀《いが》の郷も受け入れてはくれない。

「武藤《むとう》さまだと命がけになる」

実力でいけば、武藤大作《だいさく》は江戸屋敷で柳生宗矩に次ぐ。

「他の連中ならば何人来ようとも平気だ」

忍の本領は攪乱《かくらん》にある。人数が多くても、素早い動きで相手を混乱させ、分断させれば一対一に持ちこめる。そして、奇襲や裏技を駆使する忍に、多少剣術が遣えるていどの者など敵ではなかった。

「…………」

素我部一新は取り出した手裏剣を研いだ。

二

三代将軍徳川家光《とくがわいえみつ》は、堀田加賀守の提案を受け入れた。

「上使を命じる」

家光はお使者番の松平市之丞《まつだいらいちのじょう》を呼び出し、左門友矩《とものり》のもとへと向かわせた。

「いかようの相手であろうが、左門以外に上意を示すことあいならぬ」

「はっ」

厳しく釘《くぎ》を刺した家光に松平市之丞が平伏した。

「急げ」

少しでも早く左門友矩と会いたい家光は、松平市之丞に念を押した。

将軍から急げと言われた以上、のんびりと旅の用意などするわけにはいかない。下城した松平市之丞は、ただちに馬を引き出すと家臣を引き連れて、江戸を発した。

「三十郎《さんじゅうろう》」

家光が同席していた松平伊豆守信綱《いずのかみのぶつな》へ顔を向けた。

「但馬守はどういたすであろうな」

「お使者を襲うことはございますまい」

上使に危害を加えれば、柳生家など消し飛ぶ。

「なにもせぬか」

「それはございますまい」

家光の問いかけに松平伊豆守が首を左右に振った。

「どうすると、そなたは考える」

「…………」

松平伊豆守が沈黙した。

「遠慮するな。執政《しっせい》は将軍相手でも言うべきを言わねばならぬ」

躊躇《ちゅうちょ》した松平伊豆守を家光が促した。

「ご諚《じょう》とあれば」

一礼して松平伊豆守が言葉を続けた。

「公方さまのご上意を承れぬよう、左門を害しましょう」

「ふん」

予想どおりだと家光が鼻を鳴らした。

「躬《み》を甘く見すぎじゃ」

「まことに」

嗤《わら》った家光に松平伊豆守が首肯《しゅこう》した。

「思い知らせてくれるかの」

「お心のままに」

家光の発言を松平伊豆守が肯定した。

「明日、昼から稽古をいたすと但馬守へ告げよ」

「承知仕《つかまつ》りましてございまする」

家光の指図を松平伊豆守が受けた。


一日でも早く目的地に着くため、夜明けとともに旅立つ。

「ほな、お世話になりました」

一夜は駿河屋総衛門に別れを告げた。

「いえいえ。御礼はこちらが申さなければなりませぬ。淡海屋七右衛門《しちえもん》さまのお気遣い、そしてなにより一夜さまのご手腕。まことによき出会いをいただきました」

駿河屋総衛門が一礼した。

「ところで、いつ江戸へお戻りに」

駿河屋総衛門が尋ねた。

「柳生の郷と大坂を回ってからなので、いつになるかはわかりまへんわ。但馬守次第では、このまま江戸へ戻ってこないことも……」

「是非とも江戸の正月を見ていただきたく存じますので、それまでにお戻りをいただきますよう」

逃がさないと駿河屋総衛門が笑った。

「考えときますわ」

上方《かみがた》で考えとくと言えば、断ったと同義であるが、そのようなもの江戸で通じるわけもなかった。

「お預かりしているおかねのこともございますし」

「おましたなあ」

駿河屋総衛門の止《とど》めに、一夜がため息を吐《つ》いた。

「増やしてお待ちしております」

一夜個人で千両を駿河屋総衛門に預けている。米の値上がりについての予測も一夜は駿河屋総衛門に伝えている。さすがに千両という金を捨てる気にはならなかった。

「もういいか」

店の外から十兵衛三厳《みつよし》が声をかけてきた。

「足音立ててくださいとお願いしましたけど」

静かに近づいた十兵衛三厳に一夜があきれた。

「剣術遣いの習い、性となるじゃ。気にするな」

「気にするから言わせてもらってますねん」

平然としている十兵衛三厳に一夜が口を尖らせた。

「そちらさまは……」

駿河屋総衛門が十兵衛三厳のことを一夜に問うた。

「ああ、このお人はわたいの長兄はんですわ」

「一夜さまは一人息子だと……柳生の」

一瞬首をかしげた駿河屋総衛門が、気づいた。

「柳生十兵衛である。このたびは愚弟が世話になった」

十兵衛三厳が名乗った。

「これはお名乗りをお先にちょうだいいたしました。ありがたく承りまする。わたくしは薪炭《しんたん》を商っておりまする駿河屋総衛門と申しまする」

深々と駿河屋総衛門が頭《こうべ》を垂れた。

「うむ」

名前を覚えたと十兵衛三厳がうなずいた。

「しかし、珍しいことでございますな。一夜さまが柳生のお方を家族と言われるのは」

駿河屋総衛門が少しだけ目を大きくした。

「まとも……ううん、剣のことになればとてもまともとは言われへんけど、人としてはええほうですわ」

「なるほど」

一夜の説明に駿河屋総衛門が首肯した。

「さて、ほなそろそろ行きまひょか」

「そういたそう」

一夜の合図に十兵衛三厳が同意した。

「では、また」

「はい。お帰りをお待ちしております」

「お待ちしておりまする」

駿河屋総衛門だけでなく、番頭から女中まで一夜を見送った。

「……ずいぶんと手厚い対応だな」

少し離れたところで十兵衛三厳が感心した。

「娘婿にと言うてくれてはりますねんわ」

「それはめでたい話だが、よいのか」

「淡海屋の跡取りでっせ。無理な話ですわ」

一夜が手を振って否定した。

「それくらいあの大店《おおだな》の主《あるじ》ならば、わかっておるだろう」

十兵衛三厳が怪訝《けげん》な顔をした。

「わたいと娘はんの間にでけた子を淡海屋の跡継ぎにしたらええと」

「なるほど。その手があるな」

一夜の答えに十兵衛三厳が手を打った。

「その子が使いものになるまで何年かかると」

「十年もあればいいだろう」

「無茶な。十歳の子供に商いができるわけおまへん」

「そなたは何歳で算盤《そろばん》を持った」

「六歳でした」

十兵衛三厳に問われた一夜が述べた。

「初商いは」

「店を手伝い始めたんは、九歳になる前でした」

重ねての質問に一夜が苦い顔をした。

「ですけどな、それはお爺《じい》はんが見てくれてるなかでのこと。一人で商いをしていいとの許可が出たのは十四歳でしたで」

「十四歳か。さほど変わるまい」

「四年はえらい違いでっせ」

一夜が首を横に振った。

「それもお爺はんが横についていてくれたからこそ。米や炭のようにいくらの値でどれだけ売ったかというはっきりした商いやおまへん。唐物《からもの》商売は、目利きができけんとあかん」

「淡海屋どのがおられよう」

十兵衛三厳が淡海屋七右衛門に敬意を見せた。

「いくつやと思ってはりますねん。お爺はん、もう還暦を過ぎてますねんで。それこそ古希まで元気でいてもらわなあきまへんがな」

「やりがいがあれば、気合いも入ろう。長生きできるぞ」

「ずっと苦労してきはったんでっせ。そろそろ安楽にしてもらわな」

一夜が反発した。

「せねばならぬことがあればこそ、人は生きていく活力を出せる。なにもせずともよいというのは、気遣いのように見えて違うのだ。なにもしなくていいは、なにもするなと同じである。何もするなと言われたとき、人はどう思う。楽でいいと思うか、いいや、不要になったと落ちこむのよ」

十兵衛三厳が語った。

「不要になった……」

「気遣いがかえって酷になるということも知っておけ」

唖然《あぜん》とした一夜に十兵衛三厳が釘を刺した。

「一度、淡海屋七右衛門どのと話し合うがいい」

「……そうしますわ」

十兵衛三厳の助言に、一夜が首を縦に振った。

「もっともその前に、永和どのをどうするかをそなたは考えねばならぬがの」

「……うっ」

からかうような十兵衛三厳に、一夜がうめいた。


書院番は三日に一日の休みが与えられた。他にも病気療養、法事、剣術修行、神社仏閣参拝などでも休みを取ることはできた。

「今日中に片をつけよ。品川《しながわ》より西へ足を踏み出すことはならぬ」

早朝、柳生宗矩から注意を受けた主膳宗冬は、日が昇る前に屋敷を離れた。

「お世話になり申した」

その四半刻《しはんとき》（約三十分）ほど後、素我部一新も用人《ようにん》に挨拶《あいさつ》をして裏門から出ていった。

「市中ではなにもあるまい」

素我部一新が独りごちた。

膨張を続ける江戸は、早朝から深夜まで人通りが絶えることはない。また、皆、娯楽に飢えているのか、もめ事などが大好きであった。

「白犬と黒犬が喧嘩《けんか》しているってよ」

「どこだ、見に行こうぜ」

たちまち人が集まってくる。

「侍同士の斬り合いだとよ」

派手な立ち回りなどしようものなら、たちまち人垣に囲まれることになる。

「神妙にいたせ」

騒ぎが起こると町奉行所が介入してくる。

「旗本である」

「柳生家家中《かちゅう》の者ぞ」

町奉行所は武家身分への手出しはできないが、一応名前を訊《き》くくらいはする。

「見たことのある顔だ」

捕吏や野次馬のなかに主膳宗冬の顔を知っている者がいるかも知れない。

「あれは柳生の……」

そうなったら無事ではすまなかった。

私闘は厳禁なのだ。主君のために命をかけるのが家臣の役目、それが町中で刀を抜いて戦うなど、忠義に悖《もと》る行為であり、咎《とが》めの対象になる。

主膳宗冬は四百石の書院番なので目付の監察を受けることになり、まだ別家したわけではないので、柳生の当主である宗矩へも惣目付《そうめつけ》が出張ってくる。

まさに柳生にとって、致命傷になりかねない。

「江戸も見納めであろう。ゆっくりと参るとしよう」

素我部一新が歩き始めた。

三

主膳宗冬を送り出した柳生宗矩は、いつもと変わらぬ態度で登城した。

「但馬守」

控えの間へと向かう柳生宗矩が呼び止められた。

「これは……伊豆守さま」

柳生宗矩は老中松平伊豆守の姿を見て、畏《かしこ》まった。

「しばしよいか」

「もちろんでございまする」

老中に言われて断れるはずはない。

「付いて参れ」

「お供仕りまする」

歩を進める松平伊豆守に柳生宗矩は従った。

「ここらでよかろう。但馬守、耳に気をつけよ」

入り側と呼ばれる畳廊下の隅で足を止めた松平伊豆守が盗み聞きする者がいないかどうか確認せよと命じた。

「……ございませぬ」

剣術遣いは他人の気配に敏感でなければならない。松平伊豆守の要望である。普段以上に柳生宗矩は周囲を警戒した。

「ならばよし。もう少し寄れ」

「ごめんを」

密談の場で逡巡《しゅんじゅん》してみせるといった礼儀は無駄である。松平伊豆守の手の届くところまで近づいた柳生宗矩が片膝を突いた。

「但馬守、そなた加賀守に膝を屈したな」

松平伊豆守が低い声で断じた。

「なにを仰せになられまするか」

柳生宗矩が驚愕《きょうがく》の声をあげた。

「抑えぬか」

「失礼をいたしました」

叱られて柳生宗矩が頭を垂れた。

「このていどで動じるなど、よくそれで将軍家剣術指南役が務まるの」

「恥じ入りまする」

ぐうの音も出ない。柳生宗矩は顔をあげられなかった。

「で、そうなのだな」

「いえ、加賀守さまとそのようなお話はいたしておりませぬ」

念を押す松平伊豆守に柳生宗矩が頭を左右に振った。

「ほう、違うと申すか。なればなぜ柳生の大名昇格祝いの宴席に加賀守は出た」

「それはわかりませぬ」

柳生宗矩に恥を掻《か》かすため、堀田加賀守は宴席で鯛《たい》や海老《えび》を出せないように魚市場を閉めさせ、手配できずに慌てる様子を見てやろうとした。そのために忙しい合間を縫って宴席に参加したのだ。

しかし、それを口にすることは堀田加賀守を非難することになる。

柳生宗矩はわからないと首をかしげるしかなかった。

「ふむ。では、そなたの息子が堀田家へ出入りしているのはどういうことか」

松平伊豆守が一夜のことを詰問した。

「わたくしの息子がでございまするか。十兵衛は修行の旅に出ておりまするし、次男左門は国元で療養、三男主膳は書院番のお役目をいただいておりまする。どれも加賀守さまのもとを再々訪れることは叶《かな》わぬかと」

「そなたは余を侮《あなど》っておるのか」

ごまかそうとした柳生宗矩を松平伊豆守が睨《にら》んだ。

「………………」

柳生宗矩は沈黙した。

「どうだ」

「申しわけもございませぬ。もう一人息子がおりました。ただ、生まれが商人と血筋が足りませぬゆえ、ご老中さまのお耳に入れるのも畏《おそ》れ多いと存じ」

「言い逃れはよい」

無駄なことをするなと松平伊豆守が手を振った。

「たしかに四男に当たる者が商人として、加賀守さまのお屋敷に出入りをいたしておるやに聞き及んでおりまする」

　松平伊豆守の怒りを買わないように気を遣った言い回しで、柳生宗矩が一夜のことを告げた。

「聞き及んでいるとな。つまりはその息子が加賀守のもとに出入りしていることを、そなたは存じていたのだな」

「商いのことだと申しますので、制するほどでもないかと」

決めつける松平伊豆守に、柳生宗矩が言い訳をした。

「詭弁《きべん》を使う」

　松平伊豆守の機嫌がより悪くなった。

「まことでございまする。わたくしめはどのような商いで加賀守さまのもとへ参っておるかなど……」

「では、どうやってその息子は堀田家へ出入りできたのだ」

　老中の屋敷に出入りできる商人は、厳格な審査を通ったものだけである。松平伊豆守の疑問は当然であった。

「詳しくは存じませぬが、当家出入りの薪炭問屋駿河屋の手引きがあったのではないかと推察いたしまする」

「駿河屋か。たしかに駿河屋ならば、堀田家に出入りしても不思議ではない」

江戸で指折りの豪商の名前を松平伊豆守は知っていた。

「…………」

柳生宗矩は黙って、松平伊豆守の顔色を窺《うかが》った。

「ところで但馬守よ。その息子はなにを商っておる」

「……それはっ」

予想していなかった質問に、柳生宗矩が詰まった。

「どうした、息子がなにを扱っているかも知らぬと」

「…………」

松平伊豆守の問いは柳生宗矩の痛いところを突いていた。

知らないと答えるのは簡単だが、なにを売りに堀田家へ出入りしているのかを知らないのは、一夜を息子と認めてしまった今、家中不行き届きと取られても文句は言えない。もしご禁制の品を扱っていたら、その責は柳生宗矩に向かう。

「どうした、返事をいたせ」

松平伊豆守が険しい目つきで柳生宗矩を見た。

「畏れ入りましてございまする」

柳生宗矩が折れた。

「なにを畏れ入ったと」

はっきり言えと松平伊豆守が要求した。

「すべてをお話しいたしまする」

「最初からそういたせばよかったのだ。隠避しようとした過去は消えぬ。もう余はそなたの言葉も真実であるとはすぐに認めることはない」

降伏した柳生宗矩に松平伊豆守が厳しい対応をした。

「吾《わ》が愚行が招いたことではございまするが、今からお耳に入れますことは、誓って嘘《うそ》偽りではございまぬ」

「真実かどうかは、余が決める。語るがよい」

柳生宗矩の弁明を松平伊豆守が一蹴した。

「ことの始まりは、かたじけなくも公方さまのご高恩を賜《たまわ》り、柳生が大名になったことでございまする。旗本と違い、大名となれば家臣も増やさねばなりませず、軍役も果たさねばなりませぬ。また、領国のことも今までのように代官任せとは参りませぬ……」

一夜を大坂から招いたところから、柳生宗矩は話し始めた。

「……祝宴の縁起物を止めようと堀田加賀守さまはなさり、それに息子が対処いたしました……」

柳生宗矩は続けた。

「そのことがお気に召したのか、召さなかったのかはわかりませぬが、加賀守さまが息子を召され、それ以来何度かお目通りをいただいておるということでございまする」

「それがすべてか」

「はい」

今度はしっかりと柳生宗矩は首肯した。

「…………」

松平伊豆守が沈思に入った。

「但馬守、公方さまが本日八つより、稽古をいたしたいとの仰せである。御座の間中庭に用意をいたしておくよう」

思案の結果を口にせず、松平伊豆守が下命を伝えた。

「お外でのお稽古を」

江戸城内には将軍専用の武道場があった。そこではなく、中庭での稽古だと言われた柳生宗矩が念を押した。

「そうじゃ。わかったの」

言い終わると松平伊豆守はもう柳生宗矩への興味をなくしたようにさっさと離れていった。

「あ、あの……」

堀田加賀守のことはどうなるのかと尋ねたかった柳生宗矩が、なにも言う間もなかった。

柳生宗矩は昼の弁当も喉《のど》を通らず、刻限を待った。

「…………」

稽古の用意は道場ならば、すぐに終わる。木刀や袋竹刀、稽古用の足袋《たび》などすべてそろっている。だが、庭稽古となると何から何まで運ばなければならなかった。

「お坊主どの」

一人でやれないわけではないが、将軍家剣術指南役が手助けも得られないというのは、人望がないのではという疑念を招く。

「公方さまが庭でのお稽古をお望みである」

「ただちに」

将軍の指図とあれば、強欲なお城坊主も、すばやく対応する。

数人のお城坊主が手伝ったことで、用意は思いのほか早く整った。

「……では、わたくしどもはこれで」

将軍へ水や茶、汗ふきの手ぬぐいなどを用意するのは小納戸、あるいはお気に入りの小姓《こしょう》の役目であり、お目通りの叶わないお城坊主はその場にいることさえ許されないのだ。

「ご苦労であった」

柳生宗矩がお城坊主をねぎらった。

「……口だけか」

「いたしかたあるまい。世渡り下手なお方じゃでの」

かなり離れてからお城坊主たちが礼金をもらえなかったことをぼやいた。

「お役目で金をせびる……やはり坊主は武士ではない」

五感を研ぎ澄ますのも修行の一つ。柳生宗矩はしっかりとお城坊主たちの不満を聞いていた。

「……但馬守、公方さまのお成りである」

「ははっ」

松平伊豆守に声をかけられて柳生宗矩は片膝をついて控えた。

いかに家光が柳生新陰流《しんかげりゅう》に入門誓詞を出したからといって、横柄な態度が取れるわけはなかった。

「但馬守、大儀である」

松平伊豆守の後ろにいた家光が前へ出た。

「公方さまにおかれましてはご機嫌うるわしく、但馬守、恐悦至極に存じあげ奉りまする」

「うむ。面をあげてよいぞ」

型どおりの挨拶をした柳生宗矩に、家光が鷹揚《おうよう》に言った。

「畏れ入りまする」

柳生宗矩が家光を見あげた。

「立つがよい」

「はっ」

家光の許しを得て、柳生宗矩が立ちあがった。

「さて、稽古を始めるといたそうぞ」

「こちらを」

家光の言葉に応じて、柳生宗矩が木刀を差し出した。

「それでよろしゅうございましょうか」

木刀の具合を柳生宗矩が確認した。

「よい」
二、三度木刀を振った家光がうなずいた。
「では、これより言葉遣いを変えさせていただきまする」

「うむ」

稽古は危険を伴う。とっさのときにていねいな言い方をしていては間に合わないこともある。稽古始めから終わりまで、柳生宗矩は師範としての対応を取る。

「許す」

それを家光が認めた。

「構え。上段の型、振り落とせ」

まず型稽古から始める。

「次、脇構え。刀をもっと身に近づけ、剣先を立てよ」

柳生宗矩が上段、左右袈裟《けさ》がけ、左右水平薙《な》ぎ、下段、左右袈裟斬りあげ、八相の太刀《たち》を一度ずつ家光にさせた。

「お見事でございまする」

型を演じ終えた家光を松平伊豆守が賞賛した。

「どうであった」

家光が期待のこもった目で柳生宗矩を見た。

「ご鍛錬のたまものかと」

一応の褒め言葉を柳生宗矩は口にした。

「であるか」

満足げに家光がうなずいた。

「なれば、打ち太刀をいたそうではないか」

家光が乗り気になった。

打ち太刀とは、柳生宗矩が木刀を青眼《せいがん》、あるいは水平に構え、それを家光が打つ。あるいは家光が打ち、柳生宗矩が受け太刀をするというものだ。決して柳生宗矩のほうから家光を攻撃することはなかった。

「参られよ」

柳生宗矩が青眼に構えた。

「おう」

勇んで家光が、柳生宗矩の木刀を左右から引っぱたく。

「続いて参られよ」

今度は柳生宗矩が水平に横たえた木刀を、上から家光が打った。

「よろしかろう。では、自在に打って参れ」

柳生宗矩が受け太刀をすると言った。

「きえええ」

甲高い声をあげて家光が上段から一撃を出した。

「むっ」

上段からの一刀は重さも乗る。いかに腕が違うとはいえ、油断はできない。

「こやつがっ」

防がれた家光が、木刀を翻して、柳生宗矩の横鬢《よこびん》を狙《ねら》った。

「よい手でござる」

褒めながらも柳生宗矩はやすやすと家光の木刀を止めた。

「……但馬守」

木刀を放すことなく、押しながら家光が口を開いた。

「なにか」

「柳生へ昨日、使者番を向かわせた」

「……っ」

家光の発言に柳生宗矩が息を呑《の》んだ。

「……飽きた。これまでじゃ」

手にしていた木刀を家光が落とした。

「く、公方さま」

「伊豆守、付いて参れ」

詳細を尋ねようとした柳生宗矩を無視して、家光が松平伊豆守に言った。

「はっ。但馬守、お役目ご苦労であった」

家光に従いながら、松平伊豆守が柳生宗矩に手を振った。

「……そこまで憎いか」

柳生宗矩が血を吐くように言った。

通常ならば使者番は江戸柳生の屋敷に出される。別家したとはいえ、まだ左門友矩に屋敷は与えられておらず、柳生屋敷で起居している。病気療養で国元に帰っているとはいえ、それが筋であった。

しかし、別家している以上、幕府が左門友矩のことを柳生宗矩に報《しら》せずとも問題にはならない。

一門の長と別家、どちらも家臣である幕府。私《わたくし》のことでは一門の長が優先され、公《おおやけ》の立場でとなれば幕府のやり方が優先される。

このあたりのことは、柳生家に限らず、加賀前田《かがまえだ》家、肥前鍋島《ひぜんなべしま》家など、分家を設けた大名、どこも頭を悩ませている。

「こうしてはおられぬ」

柳生宗矩は急いで道具の片付けを始めたが、将軍御座の間に近い中庭にお城坊主は常駐していない。呼びに行く手間も惜しいと柳生宗矩は一人で道具を抱えた。

将軍のお召しがすめば、下城できる。

「お先でござる」

同じ菊間広縁に詰めている大名、書院番頭などに挨拶をして、柳生宗矩は江戸城を出ようとした。

「待て、但馬守」

「……秋山修理亮《あきやましゅりのすけ》どの」

またも制された柳生宗矩が不機嫌そうな顔でかつての同僚に応じた。

「なにか御用かの」

気が急《せ》いている柳生宗矩が用件を尋ねた。

かつては同じ惣目付として肩を並べていたが、今は違う。大名となったことで柳生宗矩は秋山修理亮より格上となった代わりに、惣目付の監察を受ける立場となった。

「ずいぶんと急いでおるようじゃが、いかがいたした」

秋山修理亮が表情のない顔で問うた。

「公方さまのお召しで剣術のお稽古をさせていただいたのでござるが、そのおり吾が身の未熟をあらためて知り、今一度剣を見つめ直そうかと存じまして」

狩人《かりゅうど》と獲物《えもの》の関係になっている。柳生宗矩は秋山修理亮に揚げ足を取られないように気をつけた。

「それは殊勝な心がけである」

首肯した秋山修理亮が、道を空けた。

「では、ごめん」

その横を柳生宗矩が通り抜けた。

「松平市之丞」

「……なにか」

呟《つぶや》くような声で人名を口にした秋山修理亮に、柳生宗矩が引っかかった。

「お使者番のことでござる」

そう答えて、秋山修理亮が去っていった。

「手出しをするなということか」

あえて上使として柳生の郷へ向かったお使者番の名前を柳生宗矩に教える。これは松平市之丞になにかあったとき、おまえを第一に疑うぞとの意味であった。

「ふん、そのていどのことで、余がためらうとでも」

柳生宗矩が口をゆがめて嗤った。

「箱根《はこね》の山中などで一人残さず片付けてしまえば、証拠となるものはなにもない」

お使者番はもともと江戸にいる大名や旗本のもとに将軍や幕府の意思を伝えるのが仕事である。大名の領国まで出向くこともあるが、その場合は城受け取り使だとか、治世の確認など、別のことで供も多い。

本来の使者番としての役目ならば、江戸のときと同じで供の数は少ないはずであった。

「なにがあるのかわからぬのが、旅である」

幕府は大坂の陣を計画したころから、東海道、中山道《なかせんどう》など主要街道を整備し始めた。戦《いくさ》がなくなり、泰平の世となれば物流が活発になる。巨大な消費地となるだろう江戸へ、多くのものをすばやく送るためには、街道が重要になる。

しかし、街道筋を領地に持つ大名たちの国替え、境界を接する大名同士の諍《いさか》いなどで街道の整備はなかなか進んでいない。

とくに東海道最大の難所とされる箱根山は、人足を入れようにもその峻険《しゅんけん》さが壁となって立ちはだかり、まったく進んでいない状況であった。

「昨日出たとの仰せであったな」

早馬ならもう手遅れであるが、使者番は徒《かち》の供を連れている。また、馬を駆けての移動となれば、なにがあったと人々の耳目を集める。

並足での移動であれば、今からでも追いつく手立てはある。

「伊賀者を遣う」

柳生宗矩が肚をくくった。

四

江戸から品川はおよそ二里（約八キロメートル）離れている。

「ちょ、ちょっと足を合わせてもらわんと」

剣術遣いの足は健脚を通り越して、韋駄天《いだてん》のようである。街道を行き来する人たちをまるでいない者のように避《よ》けて進む十兵衛三厳に、一夜は付いていけなくなった。

「遅すぎる」

「無理言わんとっておくれやす。こっちは上方でのんびり過ごしてた商人でっせ。十兵衛はんのような剣術遣いとは違いますねん」

叱るような十兵衛三厳に一夜が言い返した。

「別段、剣術を学ばずともよいが、もっと足腰を鍛えなければ、いざというときに困るぞ」

「そやさかい、いざというときなんぞないちゅうてますねん」

一夜がもう一度反論した。

「今まではそうだったかも知れぬが、今は違うだろう。いい加減、ごまかすのは止めろ」

「ごまかしてなんかいてまへん。わたいは大坂の商人、それは昔も今も将来も」

「……わかっているのだろう」

必死に否定する一夜を十兵衛三厳が静かなまなざしで見つめた。

「…………」

一夜が黙った。

「柳生にかかわった日から、そなたは商人ではいられなくなった」

「そんなん、そっちの勝手や」

十兵衛三厳の宣告に一夜が反発した。

「力なき者の定めでもある」

「武家の理屈を押しつけんとって」

真理を言う十兵衛三厳へ一夜が不満を口にした。

「それが嫌ならば、己で天下を獲《と》れ」

「無茶言うな」

正論をぶつけられた一夜が怒った。

「力こそ正義。これは世の理《ことわり》である」

十兵衛三厳が断言した。

「力なき者を守るにはどうする」

「集まって抵抗するしかない」

一人では勝てない。ならば数をそろえればいい。一夜の答えも一つの真実ではあった。

「集まった者が一つになるか」

「……利害が合えばまとまるはずや」

「利害が一致しなければ」

「誰かが代表して利害関係を調整するしかない」

「その代表が力ある者になる」

「そこは、心ある人物に頼む……」

「徳川家ではいかぬのか」

「うっ」

一夜が詰まった。弱者が集まり、そこから強者が生まれると諭されたからである。

「世のなかに不満があるならば、変えるだけの力を持て。それが無理ならば、その枠組みのなかをうまく泳ぐことを考えろ」

十兵衛三厳が一夜に告げた。

「うまく泳ぐ……」

「そなたはもう柳生の枠組みから外れることはできぬ」

「柳生を潰してしまえば……」

「それをできるそなたを堀田加賀守さまは見逃してくださるか。たとえ一万石とはいえ、大名を破綻させられる男を、執政が放置するわけないだろう」

「…………」

またも真実をぶつけられた一夜が黙った。

「わたいはただお爺はんを楽隠居させたげて、かわいい嫁さんをもろうて、子供を二人か三人作って、その子に大きくした淡海屋を譲りたかっただけやのに」

「思い通りの生き方なんぞ、誰にもできぬ。公方さまでもそうだろう。寵愛《ちょうあい》していた左門を取り上げられても我慢なさっておられる」

泣き言を漏らす一夜に、十兵衛三厳が述べた。

「……やなあ」

一夜が納得した。

「枠のなかで泳げというのはわかりましてんけど、足腰を鍛えろというのが腑《ふ》に落ちまへん」

最初の文句に一夜が戻った。

「まだわからぬか」

十兵衛三厳が嘆息した。

「足が遅ければ逃げられまいが。まさか、そなた襲われたとき、立ち向かおうなどと考えておるのではなかろう」

「あっ」

指摘された一夜が声をあげた。

「追いかけられたとき逃げ切れるくらいの脚力とまでは言わんが、助けが間に合うくらいは走り続けられるようにしておけ」

「剣術は習わんでも」

「嫌々させても身にはつかぬ。もしやる気になったか」

「十兵衛はんはもちろん、左門はんを相手にするなら、剣術より鉄炮《てっぽう》を学びますわ。ただ、斬りつけられたとき、一太刀でも防げたらと……いろいろおましたよって」

江戸に着くまで、着いてからも、一夜は何度も襲われている。

「身の程を知るのはよいことであるし、護身は重要である。ならば、郷で少し教えてやろう」

「ありがたいですけどな。赤子に立ち方を教えるように、やさしくしておくれやす。刀の抜き方と握り方くらいで結構でっさかい」

修行までは要《い》らないと一夜が釘を刺した。

「わかっているとも。我らに鉄炮が効くと思っているのが勘違いだったとわかるようにはしてやろう」

「……えっ」

獰猛《どうもう》な笑いを浮かべた十兵衛三厳に、一夜が震えあがった。

「あれは十兵衛さまともう一人……淡海どのか」

人が割れていく。そこに素我部一新は十兵衛三厳と一夜を見つけた。

「偶然のようだな」

なにか危惧を感じてのことであれば、十兵衛三厳の放つ気配が違う。

「淡海どのも油断している」

素我部一新が確認した。

素人ほどなにかあるとわかっていれば、緊張が目立つ。

淡海の様子から、素我部一新は一人との出会いが偶然だと確信した。

「利用させてもらおう」

忍はその場にあるものを使って、ばれないように身を隠したり、守ったり、不意討ちをかけたりする。

まちがいなく柳生家から刺客が出されている素我部一新にとって、二人はかっこうの盾であった。

「十兵衛さま」

「一新か」

素我部一新が声をかけるなり、十兵衛三厳が反応した。

「やはりお気づきでございましたか」

人の多いなかで気配を消すと、そこだけ隙間が空いているようになり、かえって目立つ。素我部一新はできるだけ気配を抑えながらも消してはいなかったが、それでもこれだけの人の往来があるなかで、的確に個人を特定できるのは、十兵衛三厳なればこそであった。

「気配の具合は見事であったが、我らを見つけたとき、少し感情に揺らぎが出た」

「たしかに」

指摘された素我部一新が首肯した。

「気になるものは、見るのではなく、目の隅で捕らえるくらいでいい」

「お教えかたじけなく」

十兵衛三厳の指導に素我部一新が頭を下げた。

「ところで素我部はん、旅支度に見えるけど」

二人の遣《や》り取《と》りがすんだところで一夜が口を挟んだ。

「国元勤めを命じられた」

「なるほど、わたいのせいやな」

「そうだ。少しは悪びれても罰は当たらぬぞ」

ぽんと手を打った一夜に、素我部一新があきれた。

「そんなもん、主君に恵まれなんだおまはんの運が悪いだけじゃ」

平然と一夜が返した。

「言い返せないのが無念だ」

素我部一新が天を仰いだ。

「それでか」

前のほうを見ていた十兵衛三厳が小さく首を横に振った。

「どないしはったん」

「やはり」

怪訝そうな一夜、目つきを真剣なものにした素我部一新と対応が分かれた。

「そちらを見るなよ」

まず十兵衛三厳が事情のわかっていない一夜に念を押した。

「わかった」

「大木戸の向こう、二丁（約二百二十メートル）ほど先、松の木の陰に主膳が潜んでいる」

「……無茶苦茶離れてるのに、なんでわかんねん。天狗か」

大木戸まででも三丁はある。そのさらに向こう、つごう五丁遠いところで、しかも隠れている主膳宗冬を見つけられる。

一夜は感心というよりあきれた。

「修行すればできるようになる」

「なるかいな」

あっさりと言った十兵衛三厳に一夜が嘆息した。

「それで、どうしますん」

「なにもせん。主膳は至らぬとはいえ、愚か者ではない。吾がいるとなれば、なにもすまい」

「それですみますか。主膳はんに素我部はんの始末を命じたのは、まちがいなく但馬守はんでっせ。なんもせんと見逃したとなれば、怒りますわ」

十兵衛三厳の考えは甘いと一夜が首を左右に振った。

「そのときは、痛い目を見せるだけよ」

静かに十兵衛三厳が足を進めた。

高輪《たかなわ》の大木戸は、江戸の西の果てであり、ここまでが江戸町奉行所の管轄になった。

「通れ、通れ」

街道を塞ぐように石垣を積み、その間に大木戸が設けられ、通行人を監視している。大木戸は夜明けから日暮れまでで閉じられるが、石垣と大木戸との隙間があり、人一人くらいはいつでも通れるようになっていた。

「お通りあれ」

武士に番士は辞を低くする。

「ご苦労に存ずる」

十兵衛三厳が代表して答礼し、大木戸を潜《くぐ》った。

その様子を遠くから主膳宗冬は見ていた。

「なぜ兄者が……」

背も高く、身体《からだ》付きもがっしりしている十兵衛三厳は首一つ抜きん出ている。

素我部一新の通行を見張っていた主膳宗冬だったが、目的よりも十兵衛三厳に気を取られた。

「見つかってはまずい」

主膳宗冬は十兵衛三厳の目を避けるように、松の木の裏側へと身を潜めた。

「……」

それを見ながらも十兵衛三厳は知らぬ顔で歩んだ。

「黙っておれよ」

あらかじめ十兵衛三厳に命じられた一夜と素我部一新も、主膳宗冬のほうへ目をやらずに松の木の横を過ぎた。

「……見つからなかったか」

主膳宗冬も安堵《あんど》していた。

「もう……」

松の木の陰から、十兵衛三厳の背を確認しようとした主膳宗冬が、素我部一新と一夜に気づいた。

「馬鹿な……」

十兵衛三厳と同行している理由を理解できない主膳宗冬が、わずかな間ではあったが呆然《ぼうぜん》とした。

「……いかぬ」

吾《われ》に返った主膳宗冬が、身を隠していた松の木の陰から出て、追いかけた。

「辛抱できなんだか」

小さく十兵衛三厳が嘆息した。

「動くな、一新」

十兵衛三厳が、迎え撃とうとした素我部一新を止めた。

「討たねば討たれまする」

素我部一新が十兵衛三厳の制止を拒んだ。

「吾がさせぬ。控えてくれい」

十兵衛三厳が素我部一新の前に出た。

「……承知」

盾になると身体で示した十兵衛三厳に、素我部一新が従った。

「主膳、久しいの」

「父上の命でござる。兄上、どいてくだされ」

挨拶をした十兵衛三厳に主膳宗冬が告げた。

「父上の……どのような命か聞いてもよいな」

「上意討ちでござる」

主膳宗冬が正当性を訴えた。

「ほう、上意討ちならばいたしかたないの」

「おわかりいただけましたか」

「で、上意討ちの目当ては一新だけか」

「……はい」

ちらと一夜を見て、主膳宗冬が首を縦に振った。

「そうか。承知した」

すっと十兵衛三厳が素我部一新の前から脇へずれた。

「上意討ちだそうだ」

「はあ」

十兵衛三厳から言われて、素我部一新がなんともいえない顔をした。

「上意討ちだからといって、無抵抗であるとはかぎらぬよの」

「……そのつもりでございました」

黙って討たれるつもりはないと素我部一新が言った。

「きさまっ、上意に反するか」

聞いていた主膳宗冬が素我部一新を怒鳴りつけた。

「命を差し出すほどの待遇を受けておりませぬ。かろうじて飢えぬだけの禄《ろく》、妻さえ娶《めと》れず、子をなすなど夢」

「忍《しのび》風情が、贅沢《ぜいたく》を」

素我部一新の苦情に、主膳宗冬が顔を真っ赤にした。

「討ち果たしてくれるわ」

主膳宗冬が太刀を抜き放って、いきなり斬りかかった。

「…………」

無言で素我部一新が左へ飛び、これを躱《かわ》した。

「逃げるな」

「じっとしてたら斬られるわ」

怒鳴る主膳宗冬を一夜がからかった。

「口を閉じろ、卑しき者が」

「その卑しいのと半分血が一緒やとわかってますか。わたいが卑しいなら、あんたは半分卑しいですで」

罵《ののし》る主膳宗冬に一夜が嘲笑を返した。

「こやつっ」

「…………」

一夜と口げんかしている主膳宗冬を隙と見た素我部一新が手裏剣を投げようとした。

「一新、命だけは奪わんでくれ、これでも弟なのでの」

十兵衛三厳が素我部一新の邪魔をした。

「……くっ。そなたの相手などしてられぬわ」

危機をようやく悟った主膳宗冬が、一夜から素我部一新へと目を移した。

「十兵衛さま」

「すまぬの。これ以上は口を出さぬ」

命がけの戦いに水を差された素我部一新が文句を言い、十兵衛三厳が詫びた。

「一夜も口を挟むな」

軽口は素我部一新への援護だと読んだ十兵衛三厳が一夜に禁じた。

「へいへい」

一夜も通じるのは最初だけとわかっていた。

「無駄な抵抗を止めよ。武士らしく上意に従い、首を差し出せ」

「忍風情でございまする」

主膳宗冬の罵倒を素我部一新が利用した。

「ちっ」

切り返しに主膳宗冬が舌打ちをした。

「ならば……」

気を新たに主膳宗冬が構えを下段に変え、踏みこみながら太刀を斬りあげた。

「その技は知っておりまする」

手首の裏、血脈へと伸びてくる切っ先を、素我部一新が棒手裏剣で止めた。

「………」

止められた主膳宗冬が、そのまま前へ飛び込むようにして素我部一新の臑《すね》を狙った。

「それもわかっておりますれば」

跳びあがって一刀を避けた素我部一新が空中から主膳宗冬目がけて棒手裏剣を投げた。

「……くそっ」

低い位置から背筋を伸ばすようにして追撃をかけた主膳宗冬が、素我部一新ではなく棒手裏剣へと目標を変えた。

「柳生新陰流の技は、知り尽くしておりますぞ」

二間（約三・六メートル）ほど後ろに降りた素我部一新が、低い姿勢で突っこんだ。

「なんの」

主膳宗冬が太刀で受けた。

「本筋はこちらでござる」

太刀の柄《つか》に忍ばせていた棒手裏剣を手早く素我部一新が投げつけた。

「……ぐっ」

腹に棒手裏剣が刺さった主膳宗冬が呻《うめ》いた。

「そこまでじゃ」

風のように二人の間に十兵衛三厳が割って入った。

「あ、兄上。あやつを……上意で」

主膳宗冬が荒い息のもとで、十兵衛三厳へ上意討ちの代行を求めた。

「断ろう」

十兵衛三厳が主膳宗冬の願いを拒んだ。

第五章　国元の変化

一

急いで屋敷に戻った柳生宗矩は、江戸屋敷にいる伊賀者で手空きの者を集めた。

「当家の危機である」

柳生宗矩は悲壮な顔を見せた。

「国元に巡見使が出された」

お使者番を柳生宗矩は巡見使と偽った。

「それはっ」

「なんと」

集められた伊賀者が驚愕した。

巡見使はその名前の通り、大名や旗本の領土を巡って、その治世の非違を監察した。なにごともなければ、巡見使が出されることはない。すなわち巡見使が出されるには、それだけの根拠を幕府は持っている。

巡見使が出たということは、幕府が柳生家を咎めると同義であった。

「柳生が潰れれば、そなたたちも禄を失う」

「牢人《ろうにん》することになるのか」

「困る」

伊賀者たちがざわついた。

「そこで、皆の力を借りたい。ことがことだけに、道場の弟子たちには頼めぬ」

柳生の恥なのだ。いかに剣術の弟子たちといえども、知らせるわけにはいかなかった。

「かといって、他の家臣どもでは力が及ばぬ。なぜならば、すでに巡見使は昨日、江戸を発《た》っておるからじゃ」

普通の家臣ではとても間に合わないと柳生宗矩が述べた。

「頼れるのは、そなたたちだけじゃ。もちろん、無事に任を果たしたときには、相応の褒賞を出す」

「どのような」

歳嵩《としかさ》の伊賀者が尋ねた。

「徒《かち》身分とする」

現状伊賀者は足軽《あしがる》扱いである。それを士分に引きあげると柳生宗矩が言った。

「……………」

伊賀者は反応しなかった。

「もちろん、加増も考えておる。士分にふさわしいだけのものを」

「ここにおる全員にでございましょうか」

約束に制限はないのかと歳嵩の伊賀者が訊いた。

「当家はご加増を受けたばかりじゃ。全員にくれてやろうが、働かなかった者までは認めぬ」

柳生宗矩が加増するだけの余裕はあると示してから、働き次第じゃと加えた。

「その働き振りをいかようにご判断なさる」

またも歳嵩の伊賀者が確認をした。

「戻ってきた者からの聞き取りになるだろう」

「なるほど」

歳嵩の伊賀者が首肯した。

「その巡見使の名前を」

「松平市之丞、歳のころは不惑あたりだと聞いた」

柳生宗矩は城中で目立たないていどに松平市之丞のことを調べていた。

「承知。皆もよいか」

「喜んで加えてもらおう」

「吾もよ」

問われた伊賀者たちがうなずいた。

「では、殿」

「相手は騎乗だが、徒を連れている。一日の遅れは取り戻せよう」

「十分でございまする」

柳生宗矩の話に歳嵩の伊賀者が胸を張った。

「あと、もう一つ」

すでに伊賀者たちの腰は浮いているが、柳生宗矩は言葉を続けた。

「決して柳生の仕業であると知られてはならぬ。あくまでも事故じゃ」

「ようは……一行すべてを不幸が襲えばよいと」

「……………」

歳嵩の伊賀者の確認に柳生宗矩は無言で応じた。


至近距離から無理な姿勢で放たれた棒手裏剣は、衣服に守られたこともあり、主膳宗冬の内臓にまでは届いていなかった。

「なにを言われるか」

上意討ちの続行を求めた主膳宗冬に、

「断る」

十兵衛三厳は拒否を告げた。

「上意でございますぞ」

「その証《あかし》はどこにある。書きものを持っておるのか」

啞然とした主膳宗冬に十兵衛三厳が確かめた。

「そのようなものはいただいておりませぬ」

「ならばだめじゃ」

あっさりと十兵衛三厳は認めないと言った。

「わたくしが信用できぬと」

「そなたが裏表のない質《たち》だとは知っている」

「ならばっ」

「人の命、それも当家に仕えてくれていた者の生き死にがかかっている。上意討ちじゃ手伝えと言われて、諾とは受けられぬ」

勢いこんだ主膳宗冬に十兵衛三厳は否やを繰り返した。

「しかし、弟のそなたが品川まで出張ってきているのだ。それを尊重して、邪魔をせなんだし、そなたの危機を二度も救った」

「うっ」

十兵衛三厳に言われた主膳宗冬が詰まった。

「そもそも上意討ちを一人でするとはなにごとであるか」

「わたくし一人で十分だと……」

「負けたのにか」

十兵衛三厳があきれた。

「飛び道具を遣うなど、卑怯《ひきょう》な手を……」

「愚か者がっ」

責任を素我部一新に押しつけようとした主膳宗冬を十兵衛三厳が叱りつけた。

「ひっ」

「うわっ」

「……くっ」

怒気を浴びせられた主膳宗冬が怯《おび》え、巻きこまれた一夜と素我部一新が驚いた。

「道場でなにを学んできた。いや、道場しか知らぬからこうなったのか」

十兵衛三厳が主膳宗冬を見下ろした。

「真剣を用いての戦いはきれいごとではない。生きるか死ぬか、殺すか殺されるかぞ。道場での稽古試合ではない。負けた者は何一つ言えなくなるのだ。そして勝った者は好きに放言できる。そもそも一新は伊賀者、忍じゃ。それを討つとなれば、最初から手裏剣や煙玉などを遣われると思うべきである。当然、それへの対処も考えておかねばならぬ。敵を知らずして勝つことは難しい。いや、運に恵まれただけ」

厳しく十兵衛三厳が主膳宗冬を叱責した。

「…………」

反論のしようもないと主膳宗冬がうつむいた。

「命は助かったのだ。その幸せを噛《か》みしめながら、屋敷へ帰れ。傷もたいしたことはない。もう血も止まっている」

説教をしながらも十兵衛三厳は主膳宗冬の状態を把握していた。

「父に……」

「吾が預かったと言えばいい」

まだ柳生宗矩の命を気にする主膳宗冬に十兵衛三厳が述べた。

「ついでじゃ。一夜も郷へ連れて帰ると伝えてくれ」

「……はい」

がっくりと主膳宗冬が首を落とした。

「これを巻いておけ」

十兵衛三厳が懐《ふところ》から晒《さら》しを出した。

「かたじけなく」

主膳宗冬が受け取った。

「立ちあがる前に、太刀を手放せ」

弟とはいえ、油断はしない。十兵衛三厳が警告した。

座りこんだままでは太刀の届く範囲は狭く、薙ぎ技しかまず遣えない。

しかし、立ちあがる勢いを利用すれば、離れたところまで切っ先が届いた。

「……………」

黙って主膳宗冬が太刀を置いた。

「一新、先に行け」

「かたじけのうございまする」

素我部一新が十兵衛三厳の気遣いに感謝した。

「郷の道場へ顔を出せ。逃げれば、吾が許さぬ」

「承知」

首肯して素我部一新が離れていった。

「では、我らも旅を続けようぞ」

「はいな」

促された一夜がうなずいた。

「待て」

主膳宗冬が一夜に声をかけた。

「柳生の家に仇《あだ》なすならば、かならず討つ」

「仇なしたかどうか、わかるようになってから言い」

脅迫した主膳宗冬を一夜は一蹴した。

「毒に見えて薬というのは、なんぼでもある。結果を見ずして先走りなや。命を狙われるこっちにしたら、ええ迷惑や」

「……むっ」

一夜の苦情に主膳宗冬が唸《うな》った。

「一人が刀を振ったところで、もう意味はない。剣術があかんとは言わへんけど、それだけで世渡りでける時代ではなくなったんや。算盤は遣えんでも、毛嫌いだけはしいな。剣が嘘を吐かんように、算盤も真実しか示さへん」

語り終わった一夜が、十兵衛三厳へと顔を向けた。

「お待ちどおさんでした」

一夜が十兵衛三厳へ一礼した。

「うむ」

十兵衛三厳が歩き出した。

二

江戸へ行くと言った永和は、西宮《にしのみや》の浜から出る廻船《かいせん》を移動の手法として選んだ。

「お姉はん、お願いや」

「一夜はんを大坂へ連れもどってえなあ」

妹の須乃、衣津《いっ》が永和に頼んだ。

「離れてたら、勝負もでけへん」

須乃がため息を吐いた。

「一緒に行かなくてええん」

永和が妹たちに訊いた。

「足手まといやとわかってるし」

「お店を守らんと」

二人の妹が首を横に振った。

「ただし、抜け駆けはあかんえ」

須乃が厳しい口調で釘を刺した。

「なにを言うてるん。ええ男はんは早い者勝ちや」

永和が言い返した。

「なれば、吾にも機はあるの」

少し離れたところにいた佐夜が割りこんできた。

「あんたはあかん。あんたは一夜はんに惚《ほ》れてへん」

眉を逆立てて、永和が拒絶した。

「一緒になってから好き合うという夫婦もある」

佐夜が言い返した。

「なんのために一緒になるか、肚のなかが丸見えやで」

須乃が嫌そうな顔をした。

「それがどうした。男なんぞ、結局は身体じゃ」

佐夜が嘯《うそぶ》いた。

「ええ加減にしい。旅発《たびだ》ち前に縁起の悪い」

淡海屋七右衛門が嘆息した。

「すんまへん」

「申しわけございませぬ」

叱られた二人が素直に詫びた。

「お爺はんの機嫌とってるわ」

「そらそうや。お爺はんが一番一夜はんに近いよって」

須乃と衣津が顔を見合わせてうなずき合った。

「そっちもやで」

「ごめんやす」

「はあい」

淡海屋七右衛門に睨まれた須乃と衣津が首をすくめた。

「しつけが行き届きませいで」

一緒に見送りに来た三姉妹の父信濃屋《しなのや》が謝罪した。

「いえいえ。うちの孫が江戸へ行きっぱなしに原因がおます」

淡海屋七右衛門も詫びた。

「そろそろ乗ってんか、船、出しまっせ」

船頭が出航すると声をかけてきた。

「ほな、気いつけてな」

「はい」

父に送られた永和が、陸から船に架けられた板を慎重に渡って船に乗りこんだ。

「佐夜はん」

「お任せを。一夜さまにお目にかかってからが勝負。それまではしっかりと守って見せますする」

「頼んだで」

淡海屋七右衛門に念を押された佐夜が首肯した。

「では」

佐夜が渡し板を危なげなく越えた。

「なにがあっても帰っておいでや。淡海屋こそ、おまはんの家やさかいな」

「…………」

無言で佐夜が礼をした。


柳生から放たれた忍は三人と、すべてではなかった。

「駆けるぞ」

一日の遅れを取り戻すには、伊賀者といえども昼夜駆けしなければならなかった。

「言うには及ばず」

「おぬしこそ、歳を考えよ」

歳嵩の伊賀者のかけ声に、二人の伊賀者が応じた。

人通りの多い江戸を離れたところで、三人の伊賀者が走り出した。

常人より早いのはもちろんだが、忍の脅威はその走りを長時間維持できることにあった。

山野に生まれ、山野で育った伊賀者の足腰は並の武士よりはるかに強い。また、山野でその日の食いものを得なければ、子供といえども飢えるのだ。それこそ必死に夜明け前から日が暮れてからも食べられるものを探して、山野を巡る。

こうして伊賀者はできていく。速く走り、長く息が続き、夜目が利く。伊賀者こそ、刺客に向いていた。

「……あれは」

街道筋を走る者がいないわけではないが、それでも多くはない。また、独特の走り方をするため、見る人が見れば伊賀者だとわかる。

素我部一新を仕留めることができず、己の未熟さを兄十兵衛三厳から指摘され、悄《しょう》然《ぜん》としながら江戸へ帰る途上にあった主膳宗冬が、伊賀者たちに気づいた。

「目賀田《めがた》」

先頭を走る歳嵩の伊賀者に主膳宗冬が声をかけた。

「若さまだの」

「主膳さまが、なぜ大木戸外に」

「どうする」

目賀田と呼ばれた伊賀者が、並んで走る同僚に問うた。

「相手をしている暇はないぞ」

「十分になる。加増される。それ以上に大事なことはない」

二人の伊賀者が首を横に振った。

「では、無視するぞ」

目賀田は主膳宗冬の呼びかけに応じないと告げた。

「吾だと気づかぬのか」

足を止めるどころか、そのまま走り続ける伊賀者たちに、主膳宗冬が首をかしげた。

「おおい、こっちだ」

主膳宗冬が声だけでなく、手も振って呼びかけた。

「…………」

その真横を伊賀者たちは目も向けず、駆け抜けていった。

「どういうことだ」

無視された主膳宗冬が唖然とした。

「腹に傷を負われていたの」

「なにかで刺されたのであろう」

「晒しに浮いた血の色が茶に変わっていた。すでに止まっているようだ」

三人は主膳宗冬が怪我《けが》をしていることに気づいていた。

「声も張っていた。足取りも問題はなかった」

「気にせずともよかろう」

「だの」

目賀田の逃げ口上というか、見捨てる言い訳に二人の仲間も同意した。

「急ぐ」

もう一度、目賀田が気を入れた。


伊賀者を送り出した柳生宗矩は、なんのために家光がお使者番のことを話したのかを考えていた。

「本気で左門を諸国巡見使になさりたいのならば、余に知らせる意味はない」

柳生宗矩が考えこんだ。

「殿、少しよろしいか」

「松木《まつき》か、入れ」

思案にはまりこんでしまえば抜け出せなくなる。なにも浮かばないときは、別の話をするなどして気分転換したほうがいい。

柳生宗矩はこのたび用人から家老へと引きあげた重臣の松木を書斎に招き入れた。

「失礼をいたしまする」

「なにかあったか」

廊下との障子を開けて書斎に入ってきた松木に、柳生宗矩が訊いた。

「駿河屋総衛門がお目通りをと願っておりまする」

「なんだとっ」

一夜に味方している、すなわち柳生宗矩と敵対している江戸の豪商が面会を求めてきた。柳生宗矩が驚くのも当然であった。

「いかがいたしましょう」

「用件は聞いたか」

「問いましたところ、金の話だと」

松木が柳生宗矩の質問に答えた。

「金……」

柳生宗矩は苦い顔をした。

先日の祝宴騒ぎで追加しなければならなくなった費用を柳生宗矩は、払わないと拒否している。

「藩にどのくらい金はある」

「百両には届きませぬ」

問われた松木が申しわけなさそうにした。

柳生が一万石になってまだ秋を迎えていない。大名としての収入を手にしていないのだ。

今、柳生に残っているのは六千石の旗本であったときの残りだけだった。

「……そうか」

先日駿河屋総衛門が宴席にかかわる代金として二百両を請求してきた。

「知らぬゆえ払わぬ」

宴席の手配をした一夜への反発もあって、柳生宗矩は一度支払いを拒んでいる。

「断りましょうや」

気まずそうな柳生宗矩に、松木が尋ねた。

「いや、会う。客間へ通しておけ」

「はっ」

柳生宗矩の指示を受けて、松木が下がった。

「金か……ここまで祟《たた》るとはな」

家督を継ぐまでは牢人として苦労してきた柳生宗矩である。身支度くらいは一人でできる。しかし、数千石の旗本、さらに一万石の大名ともなると、近習《きんじゅ》、あるいは小姓などにさせるのが慣例になっている。

それをわかりながらも一人で着替えたのは、少しでも思案をしたかったからであった。

「……行くか」

身支度を整えた柳生宗矩が立ちあがった。

柳生家に客間は一つしかなかった。惣目付という役目柄、他家とのつきあいは最小限ですまさなければならないのと、二つも三つも設けるほど屋敷に余裕がないとの理由からであった。

「柳生但馬守じゃ」

待たせた詫びもなく、上座へ腰をおろした柳生宗矩が告げた。

「本日はお目通りをいただきありがとう存じまする。駿河屋総衛門めにございまする」

深々と下座で駿河屋総衛門が頭を下げた。

「本日はなにようか」

世間話などの前置きもなく、柳生宗矩が問うた。

「柳生さまにお金をお返しいただきたく参上仕りました」

それならばと駿河屋総衛門も直截《ちょくせつ》に言った。

「そなたに金を借りた覚えはないが」

「こちらを」

前回同様知らぬ顔をしようとした柳生宗矩に、駿河屋総衛門が一枚の書付を差し出した。

「見てよいのだな」

「ご高覧くださいませ」

確認した柳生宗矩に、駿河屋総衛門が首肯した。

「……これは」

書付を読んだ柳生宗矩が目を大きくした。

「淡海屋一夜さまからこちらをお預かりいたしました。淡海屋さまから柳生さまへの商品代金三百二十両、お支払いを願いまする」

駿河屋総衛門が求めた。

「このようなものは身に覚えがない。覚えがないものを払うわけにはいかぬ」

柳生宗矩が支払いを拒んだ。

「さようでございますか。ならばこれは引き取らせていただきましょう」

「……どうするのだ」

あっさりと引いた駿河屋総衛門に、柳生宗矩が怪訝な顔をした。

「淡海屋さまから柳生さまへの請求は、こちらに回せと仰せくださっておられるお方のもとへ持ちこませていただこうかと」

「まさか……加賀守さまか」

一夜と駿河屋総衛門の両方とのかかわりとなれば、堀田加賀守しかないと柳生宗矩が目を大きくした。

「いえいえ。堀田加賀守さまではございませぬ。お邪魔をいたしましてございまする」

否定した駿河屋総衛門が一礼して去ろうとした。

「待て」

「お支払いくださらぬお方はお客さまではございませぬ。無駄なお話は御免被りましょう」

止めた柳生宗矩に冷たく駿河屋総衛門が否やを突きつけた。

「無礼討ちにいたすぞ」

柳生宗矩が身につけていた脇差の柄に手を添えた。

「一万石ではとても引き合いませぬが、将軍家剣術指南役さまの刀の錆《さび》になったとあれば、巷《ちまた》の噂《うわさ》にもなりましょう」

駿河屋総衛門が楽しそうにほほえんだ。

「こやつっ」

脅しが効かなかった柳生宗矩が唇を噛んだ。

「そうか、それだけ堂々としていられるということは、よほどのお方だな。堀田加賀守さまでないとすれば……秋山修理亮か」

惣目付の秋山修理亮が、柳生を狙うのは当然である。もと惣目付といえども、斟酌しないと天下に見せつけられる。そのへんの大名を二つ、三つ潰すよりもはるかに惣目付の厳正さを見せつけるのに効果はあり、それをなした秋山修理亮の功績も大きい。

柳生宗矩が秋山修理亮に思いいたったのは不思議ではなかった。

「はて、どなたさまでしょう」

わざとらしく駿河屋総衛門が首をかしげて見せた。

「修理亮ではない……」

剣術遣いでもある柳生宗矩は、駿河屋総衛門が秋山修理亮の名前で一切動揺しなかったと見抜き、推察がまちがっていたと気付いた。

「加賀守さまではない、修理亮でもない。となれば……伊豆守、松平伊豆守さま」

柳生宗矩が声をあげた。

「ふふふ」

駿河屋総衛門が小さく笑った。

「図星だな」

「そうお考えならば、それで」

自慢げな柳生宗矩に、駿河屋総衛門が投げやりな答えを返した。

「違うと……誰だ、申せ」

「お教えする義理はございませぬ」

「無礼な。当家の出入りを差し止めてもよいのだぞ」

「どうぞ。そうなりますれば、お代をいただいておりませぬのでお納めした薪炭は引きあげさせていただきまする」

ふたたび脅迫した柳生宗矩を駿河屋総衛門は平然と受け流した。

「当家にあるものは当家のものじゃ」

「さようでございますか。では、評定の場でお目にかかりましょう」

駿河屋総衛門が幕府へ訴えて出ると応じた。

「こやつっ」

「殿、お平らに」

片足をあげて駿河屋総衛門を蹴飛ばそうとした柳生宗矩を廊下で控えていた松木が飛びこんできて止めた。

「邪魔立ていたすな」

「お役目に響きまする」

「……むっ。役目か」

松木の言葉に柳生宗矩が唸った。

将軍家剣術指南役は剣の腕が立つだけでは務まらなかった。将軍家にたとえなんであろうとも教えをたれる者としての品格が求められた。

事実、幕府には柳生以外にも小野《おの》という剣術で仕える家柄があるが、初代小野忠明《ただあき》の素行に問題がありすぎたため、一度も将軍への手ほどきは許されず、家禄も二百石と、旗本のなかでも低いほうであった。今は二代目となった小野忠常《ただつね》が書院番として真面目に務めたことで八百石と禄は増えたが、いまだ剣術指南の役目で召し出されてはいない。

もし、ここで柳生宗矩が駿河屋総衛門を怒りのまま無礼討ちにしたり、暴力を振るった場合、家への咎めはなくとも、将軍家剣術指南役としての品格に問題ありとして、役目を取りあげられることは十分あり得た。

「駿河屋」

「なんでございましょう」

松木の呼びかけに駿河屋総衛門が応じた。

「薪炭の代金はすぐに支払う」

「ありがとう存じまする」

代金をもらえるとなれば、商人としての礼を尽くさなければならない。

駿河屋総衛門が座り直して、松木に頭を下げた。

「出入りも今まで通りで頼む」

「それはご勘弁を願いまする」

駿河屋総衛門が断った。

「そこをなんとか」

松木がすがった。

一夜によって薪炭などの消耗品がどれだけ重要かを知った松木は、今後のことを考えて駿河屋総衛門以上の取引相手はないと理解していた。

「特別扱いはいたしませぬが」

一夜との取引とは別になると駿河屋総衛門が宣《せん》した。

「多少はやむを得ぬ。できるだけのことをしてくれ」

値上げもやむなしと松木が了承した。

「わかりましてございまする。では、これにて」

駿河屋総衛門が松木に帰ると言った。

「待て、駿河屋。淡海への代金は誰が払う」

柳生宗矩が駿河屋総衛門にふたたび問うた。

「但馬守さまを困らせたいとお考えのお方でございますよ」

「名を言え、名を」

しつこく求める柳生宗矩を無視して、駿河屋総衛門が席を立った。

「……余を困らせたい者」

駿河屋総衛門と支払いの打ち合わせをするために松木も出ていった。

一人残った柳生宗矩が駿河屋総衛門の謎かけに戸惑った。

「堀田加賀守、松平伊豆守、秋山修理亮ではないとすれば……」

柳生宗矩が思案の迷路に陥った。

「……わからぬ。左門への諸国巡見使のことといい、わからぬことが続きすぎる」

眉間《みけん》に深くしわを寄せながら、柳生宗矩が独りごちた。

「余への嫌がらせ……」

ふと柳生宗矩が引っかかった。

「……公方さま」

柳生宗矩が絶句した。

三

柳生屋敷を出た駿河屋総衛門はため息を吐いた。

「惣目付で手柄を立て続けたお方だというから、ちょっと気を張っていたけれど、堀田加賀守さまのことや一夜さまのことなどが重なったからか、余裕がなさすぎるね」

駿河屋総衛門が呟いた。

「今ごろはさぞや首筋の寒い思いをなされていることだろう」

柳生宗矩が家光に思い当たるだろうと駿河屋総衛門は予測していた。

「少し考えればわかりそうなものだけどねえ。いくら金を持っていても商人が公方さまにお目通りできるはずなんぞないというのに」

御三家の当主、老中らとは膝詰め談判できるが、さすがに商人では将軍へ会うことはできなかった。

それだけ将軍の権威は強い。

もちろん、民が将軍と顔を合わせることもあった。

将軍が江戸城を出て、鷹狩《たかが》りや野駆けだのを楽しんだとき、ひとときの休息の場として、民の住まいや寺社を利用することはままあった。

三代将軍家光は、初代将軍家康《いえやす》に強い憧憬を抱いているからか、鷹狩りを好む。他にも寵臣《ちょうしん》たちの屋敷を訪れる御成《おなり》もよくしている。

御成の途中で茶をと商店で休息したり、鷹狩りの帰りに大百姓の屋敷で一休みしたり、家光が民とふれあう機会はそれなりにある。それが柳生宗矩を惑わせていた。

「まったく、今孔明《こうめい》とは一夜さまのことを言うのでしょうな」

駿河屋総衛門が感心した。

「但馬守さまに嫌がらせをしたい人物……一夜さましかおられませんでしょうに」

楽しげに駿河屋総衛門が笑った。

素我部一新を一人先行させた結果、一夜はまたも十兵衛三厳との二人旅になった。

「くたびれはりませんのか」

いっこうに休息を取ろうとしない十兵衛三厳に、疲れ果てた一夜が尋ねた。

「身体の芯を揺らすから疲れるのだ。右足を出そうが、左足を出そうが、首をしっかりと据えておけば、頭が揺れぬ。頭が揺れねば、まっすぐ目は前を見つめられる。首がふらつけば、頭が揺れ、目も踊る。人は目からいろいろなことを取り入れている。その目が不安定だから、疲れるのだ」

「いきなり言われてもできるわけおまへんがな」

一夜が愚痴をこぼした。

「ならば、今から修行を始めようぞ。少し頑張れば、柳生の郷に着くころにはまっすぐ歩けるようになっておろう」

「嫌な予感しかしまへんので、遠慮しますわ」

「まず、背筋を……」

十兵衛三厳が一夜の背中に手を当てた。

「少し丸くなっておるな。男はへそに力を入れて、まっすぐに前をむかねばならぬ」

「痛い、痛いって」

無理矢理背筋を整えられた一夜が悲鳴をあげた。

「この状態を維持しつつ、息をまず吐け」

「みぞおちを押したらあかん」

一気に肺の空気を押し出そうとした十兵衛三厳に、一夜が首を横に振った。

「首を動かすな」

「他人の話を聞かんお人や。ぐえっ」

鶏のように首を絞められた一夜が苦鳴を漏らした。

「さあ、足を出せ、足を」

一夜のことなど気にもしないで十兵衛三厳が命じた。

「し、死んでまう」

「…………」

息を必死で吸おうとする一夜を、不意に十兵衛三厳は解放した。

「……へっ」

一夜が驚いた。

「じっとしてろ」

十兵衛三厳が一夜を背後にかばった。

「伊賀者だな」

近づいてくる気配をいち早く十兵衛三厳は感じ取っていた。

「そこまでしますか、あの男は」

己への刺客ととった一夜が柳生宗矩を罵った。

「それくらいせねば、領地を守り、大きくはできぬ」

十兵衛三厳も走ってくる伊賀者を刺客と考えていた。

「よほどわたいに嫌われたいと見える」

一夜が嘆息した。

「思ったより落ち着いておるの」

まったく怯える様子のない一夜に十兵衛三厳が目を細めた。

己の命が危ないとなれば、並の者なら恐慌に陥るのが普通であった。

「慣れですわ、慣れ。慣れたくはおまへんけど」

一夜が苦笑した。

「そうか。そろそろだな。下手に動くな。吾の指示に従えば、死なせぬ」

「頼まれても手出しはしまへん」

十兵衛三厳の注意に一夜がうなずいた。


「あれは十兵衛さまではないか」

走りながらだからこそ、周囲に気を配る。ただ、前を向いて走るだけでは、不意に横から人や馬が出てきてぶつかったり、なにかしらの事故に遭《あ》うかも知れないのだ。

「まちがいない」

「ああ」

目賀田の発見を二人が認めた。

「先ほどは主膳さまであった。今度は十兵衛さま。そして我らの出撃、これは柳生の家になにか起こっていると考えてよいな」

さすがにおかしなことが続きすぎると目賀田が警戒した。

「おいっ、十兵衛さまの気配が……これは殺気」

一人の伊賀者が注意を喚起した。

「なんだと」

「なぜ我らに」

目賀田ともう一人の伊賀者が息を呑んだ。

「通り過ぎられぬか」

気配の探知に優れている伊賀者へ目賀田が問うた。

「無理だ。十兵衛さまだぞ」

「宇津木《うつぎ》の言うとおりだな」

二人の伊賀者の意見が一致した。

「ならば対応をするしかない。足並みを落とせ」

目賀田が慎重に近づくと言った。

「……妙な」

十兵衛三厳が目賀田たちの行動に首をかしげた。

刺客ならばこちらの浴びせた殺気に対抗してくる。気付かれた段階で奇襲はできない。気配を消して油断を誘う意味がなくなる。それよりも相手の殺気で威圧されるほうがまずく、押し負けないように気を返すのが当然であった。

「柳生十兵衛さまとお見受けいたしまする」

間合いから外れたところで目賀田が両手を広げた状態で問いかけてきた。

「いかにも柳生十兵衛である。そなたらは柳生の者であるな」

十兵衛三厳が確認した。

「さようでございまする。わたくしは目賀田右門《うもん》、これなるは宇津木九七《きゅうしち》、後ろにおるのが隅長加市《すみながかいち》でございまする」

「承知した。では、なぜそなたらは街道筋を急いでいた」

十兵衛三厳が訊いた。

「それは申せませぬ。殿のご内命でございまする」

「淡海への刺客か。それとも一新への追っ手か」

柳生宗矩の名前を出して拒んだ目賀田を十兵衛三厳が険しい表情で詰問した。

「いえ、そのようなお下知は受けておりませぬ」

ふたたび殺気を浴びせてきた十兵衛三厳に、あわてて目賀田が否定した。

「なにも答えぬのに、それを信用しろと」

「…………」

己でも無理があるとわかっている。嘲るような十兵衛三厳に目賀田は黙った。

「吾はなんとしてでも淡海を連れて郷へ戻らねばならぬ。こやつはこれからの柳生になくてはならぬ男だ。よって、怪しきは……」

「お待ちくださいませ」

すさまじい気迫に目賀田が顔色をなくした。

「おい」

目賀田が柳生宗矩の命を口にしようとしていると気付いた宇津木が止めようとした。

「勝てるのか」

「うっ」

蒼白《そうはく》な目賀田に言われて宇津木が詰まった。

「一人逃げられるか」

隅長が目を動かし、逃げる方向を探した。

「逃がさぬ」

十兵衛三厳が腰を落とした。

「ちょっとええか」

緊迫を一夜が割った。

「手出し無用と言ったはずだが」

伊賀者たちから目を離さずに、十兵衛三厳が一夜を制した。

「口出しですわ」

「なにか」

軽口を叩いた一夜に救いを見つけたのか、目賀田が促した。

「おまはんら、お使者番を追っかけてるんと違うか」

「お使者番だと」

十兵衛三厳が食いついた。

「話さんならんねんけどな……」

一夜が左門友矩を利用した策について、堀田加賀守と話したことを語った。

「そなたは……」

「連れて来といて命狙うよりまし」

あきれる十兵衛三厳に一夜が断じた。

「加賀守はんが公方さまにことを伝えたんなら、そろそろ出たんとちがうか」

「いや、我らはお使者番ではなく、巡見使を……」

「ちっ」

一夜と目賀田の話から、十兵衛三厳が柳生宗矩の手筈《てはず》を読み取った。

「公方さまの罠《わな》にはまりに行くとは」

十兵衛三厳が吐き捨てた。

「やっぱりか。事故に見せかけたらごまかせると考えたな」

一夜もあきれた。

「では……我らは」

「だまされたんやなあ」

確かめるような目賀田に、一夜が告げた。

「士分も加増も……」

「命があるだけましやで」

愕然とする宇津木を一夜が慰めた。

「報告に戻ったら、首がなくなる……」

隅長が瞑目《めいもく》した。

「十兵衛はん」

主君の命、加増という餌、武士の弱いところを突かれた伊賀者たちを一夜は哀れんだ。

「一新を入れて四人……どうにかできるか」

十兵衛三厳が一夜にも責任があるぞと見つめた。

「四人……一人どのくらいあればよろしい」

「そなたらはいくらもらっている」

尋ねた一夜への答え代わりに十兵衛三厳が伊賀者たちに訊いた。

「十五俵一人扶持《ぶち》でございました」

「ということはおよそ二十俵かあ、金にして二十両もあればいけるな。四人で八十両。新田開発は手間取るやろうが、薬草採取、川漁、茸狩《きのこが》りとか……どないでもできそうや」

ざっと算盤を脳裏に置いた一夜がうなずいた。

「ならばよし。そなたらも郷へ参れ」

十兵衛三厳が命じた。

「禄というより給金になるけど、払うわ。ただし、遊ばしてはやらん。しっかり働いてもらう」

一夜も続けた。

「では、お使者番は」

「相手にせず、放っておけ。それより、さっさと柳生の郷へ行き、左門におとなしくしていろと伝えてくれ。五日で帰るから辛抱せよと」

「七日や」

箱根越えもある。五日などでは柳生まで帰り着けないと一夜が付け加えた。

四

情けない顔で戻ってきた主膳宗冬を見た柳生宗矩はすべてを悟った。

「しくじりおったな」

「兄上が出てくるなどとは聞いておりませぬ」

咎め立てる父に主膳宗冬が反発した。

「兄……十兵衛が出てきたと」

「でなければ、伊賀者ごときに遅れは取りませぬ」

驚愕した柳生宗矩に主膳宗冬が悔しげに言った。

「上意討ちだと告げたのだろう」

「証となるものがなければ、信用できぬと」

「十兵衛め、なにかと余の意に沿わぬまねをしおって」

柳生宗矩は憤慨した。

「傷を見せよ」

「たいしたものでは……」

「見せよ」

ごまかそうとした主膳宗冬に柳生宗矩が迫った。

「……はい」

厳しく命じられて、主膳宗冬は晒しを解き、衣服をくつろがせた。

「……手をどけろ。ふむ、これは刀傷ではない……棒手裏剣で突かれた跡だの」

柳生宗矩が言い当てた。

「二人がかりでこられては……」

「ふん。これは本気の突きではない」

主膳宗冬の糊塗《こと》を柳生宗矩は鼻で笑った。

「いたしかたない。下がって療養いたせ」

柳生宗矩が主膳宗冬を労《ねぎら》った。

「……そういえば、父上」

「まだなにかあるのか」

言い忘れたことでもあるのかと柳生宗矩が促した。

「一夜が兄と一緒におりました」

「そうか。わかった」

すでに十兵衛三厳が一夜についていることは知っている。

柳生宗矩は軽く流した。

「…………」

少し不満そうな顔で主膳宗冬が下がっていった。

「そうか、一夜は十兵衛が預かって国元へ行ってくれたか。これ以上江戸をひっかきまわされてはたまらぬところであった。十兵衛の手柄よな」

ほっと柳生宗矩が安堵した。

「面倒な奴《やつ》がいなくなった。これで内側の虫を気にせずともよくなった」

少しだけ柳生宗矩が安堵の表情を浮かべた。

「問題は公方さまじゃ。公方さまのご不満をなんとかいたさねばならぬ。使者番のことは伊賀者どもに任せてある。怪我をした主膳宗冬を見捨てたのだ。しっかり任は果たしてくれるであろう」

懸念の一つを柳生宗矩は思案から外した。

「どうやって公方さまのご機嫌を回復するか……左門を差し出すことはできぬ。今、左門を江戸へ呼び寄せれば、柳生の名前は地に落ちる。惣目付をしていた間だけの義であり、大名になったとたん利を取ったと言われかねぬ。息子の七光りだとか、蛍大名とか、恥ずかしくて江戸城に上がれぬ」

蛍とは将軍などの上司の男色相手を務めている者のことで、尻の光で出世しているという侮蔑表現であった。

「城中で嘲笑を受けてみよ、嬉々《きき》として加賀守か伊豆守が出てくる。さんざん己たちが言われてきた過去を忘れたかのように、将軍家剣術指南役として悪評はいかがなものかとな」

ようは辞職勧告である。

これを受け入れれば、柳生家はそれこそ城中にいる凡百の大名の一員となり、出世の道は断たれる。

ならば内政に尽力して、領地を豊かにと頑張ったところで、谷間の小さな領地では、とても満足できる結果はでない。ましてや大名となった財政を支えさせようと呼び出した一夜と決別してしまっている。

代々の将軍へ剣術を教える。たとえ、月に一度でも将軍と個別に会えるという特権を失うことはできなかった。

「となると、密命である加藤《かとう》家か。たしかにご命を受けてからまったく結果をだしておらぬ」

結果どころか、まだ第一歩さえ踏み出していない。当然家光へ報告できるようなこともない。

「惣目付の任を解き、自在の身の上にしてくれたというに、家のことにかかりきりになっておる。躬の下知をなんだとこころえておるのか、但馬守は」

家光が不満を持ってしかるべき状況だと、あらためて柳生宗矩が気付いた。

「しくじったわ」

家のことは松木に任せ、己は家光の指図に専念するべきであった。

「松木ならば、一夜もあれほど反発せなんだであろう」

一夜が思った以上に頑固であったこと、武士になれることを名誉ともなんとも思っていなかったことが、柳生宗矩の予定を狂わせてしまった。

「会津《あいづ》……伊賀者を向かわせたが、一度報告させるため戻すか」

柳生宗矩が一人でうなずいた。

「城下の旅籠《はたご》、白鳥屋《しらとりや》であったな」

加藤家の内情を探るために出した伊賀者から、連絡の方法についての書状は届いていた。

「山家《やまが》の名前で状を送ればよいのだな」

報告がまだ来ていないのは、十分な探索ができていないという証なのだが、それさえ気付かぬほど柳生宗矩は追い詰められていた。

足に肉刺《まめ》ができたくらいで、十兵衛三厳は甘やかしてくれない。

「さっさと草鞋《わらじ》を脱げ」

歩くたびに文句を言う一夜にいらだったのか、十兵衛三厳が強引な手法に出た。宿場を離れたところで、街道脇の切り株に一夜を無理矢理座らせた。

「足を出せ」

肉刺がいくつもできている一夜の足を摑《つか》んだ十兵衛三厳は、そのすべてを小柄《こづか》の先で突いた。

「な、なにをすんねん」

一夜が小柄の刃《やいば》のきらめきに息を吞んだ。

「やかましい」

「ひっ……」

一言で一夜を黙らせた十兵衛三厳が、肉刺の皮を切り開き、そこに手持ちの軟膏《なんこう》を擦りこんだ。

「な、なんや、その怪しいのは」

得体の知れないものを塗られた一夜が、黙っていられないと口を開いた。

「山伏が調合した傷薬じゃ。なにが入っているかは、吾も知らぬ。ただ、効くことは確かだ」

処置を終えた一夜の足に晒しを巻きながら、十兵衛三厳が言った。

「毒やないやろうな」

「おまえに毒を盛って、得をするわけでもなし」

処置を終えた十兵衛三厳がゆっくりと立ちあがった。

「少し休んでいろ」

十兵衛三厳が一夜を手のひらで制して、振り返った。

「甲賀《こうか》組だな」

太刀を抜きながら、十兵衛三厳が街道を睨んだ。

「さすがは柳生十兵衛どの」

呼びかけに応えて二人の人影が街道に湧いた。

「えっ……」

その不思議さに一夜が驚愕の声を漏らした。

「使者番の見張りだな」

十兵衛三厳が苦い顔をした。

「公方さまのお指図とはいえ、使者番を一人死なせるところだったぞ」

「我らにはかかわりなし」

責める十兵衛三厳に甲賀者が平然と応じた。

「そうか。ならば、そなたらの命も同じよな」

十兵衛三厳が口の端を吊《つ》り上げた。

「なっ」

「我らは公方さまのお指図で、出ている」

甲賀者が十兵衛三厳の発言に驚愕した。

「その証は」

主膳宗冬にしたのと同じ問いを十兵衛三厳が甲賀者にぶつけた。

「隠密《おんみつ》御用じゃぞ。そのようなものがあるはずなかろう」

「なら疑われてもしかたあるまい」

十兵衛三厳が嗤いを消した。

「公方さまに逆らうことになるぞ」

「柳生家が潰されてもいいのか」

「はん、柳生になんのお咎めもおまへんわ」

脅かしを口にした甲賀者たちに一夜が嘲笑した。

「なんだと」

「そんなもん、考えんでもわかりますがな。おまはんらを殺したとして柳生を咎めたら、そのお使者番として出されたお方はどう思はりますやろ。柳生家をはめるために生け贄《にえ》にされたと気づきはりますわなあ。戦場で死んでこいということはあってしかるべしでっけど、それに応じた報奨が約束されます。しかし、今回は違いますわな。褒賞の約束があるどころか、使者番が旅路で死んだ。使者番は公方さま、あるいはご執政衆のお言葉を確実に届けるのがお役目。事故だからといって、お役目を果たせなかったことは許されまへんやろ。下手したら家が潰れたかも。そう考えはっても無理はおまへんわなあ」

嫌らしい言い方で一夜が述べた。

「その使者番が誰かに不満を漏らせば、あっという間に拡《ひろ》がる。本人は死んでいても、遺された者たちや同役が、表立っては言えないが、裏で公方さまの評判を落とす。それがどれだけ幕政に影を落とすか」

十兵衛三厳も続けた。

「つまりは、柳生に咎めはない。使者番を討ち果たしていたら、おまえたちの報告でなにかしらはあったろうがな」

「失敗はなかったことに、手柄は誰のものでも己のものに。これが天下人や」

一夜が止めを刺した。

「庄介《しょうすけ》、おまえは江戸へ戻り、このことを報告せい」

甲賀者の一人が、半歩後ろにいる仲間に命じた。

「この場は、吾が……えっ」

己が犠牲となって刻《とき》を稼ぐと表明した甲賀者が棒立ちになった。

「公方さまではなく、閻魔《えんま》大王へ報告に行ったようだ」

血塗られた太刀を手にした十兵衛三厳の前に、首をなくした甲賀者の身体が横たわっていた。

「いつの間に」

啞然としながらも残った甲賀者は、太刀を抜くだけの技量を持っていた。

「盾になると言うだけのことはあるようだ」

「くっ」

十兵衛三厳のほうへ身体を向けつつ、甲賀者は一夜目がけて手裏剣を投げた。

「おっと、甘いなあ」

一夜が被《かぶ》っていた笠《かさ》で手裏剣を受けた。

「気にせなあかんのは十兵衛はんやのに、こっちをちらちら見るのはあかんで。狙いが丸わかりや」

「………………」

武芸の心得などまるでなさそうな一夜に嘲笑された甲賀者が呆然とした。

「ついでに教えといたるわ。この笠なあ、美濃《みの》紙を何枚も内張りしてあんねん。しかもおまはんが十兵衛はんに気を取られている間に、水染みこましたあんねん。粘りの出た美濃紙は刀で斬られても大丈夫とまでは言えんけど、致命にまでは至らん。手裏剣くらいやったら通らへん」

追い討ちをかけるように一夜が種明かしをした。

「おのれっ」

頭に血が上った甲賀者が、一夜へ襲いかかろうとした。

「相手をまちがえたらあかん」

哀れみの籠もった目で一夜が甲賀者を見た。

「あくっ」

後ろから心の臓を貫かれた甲賀者が息を漏らして脱力した。

「……その笠を寄こせ」

甲賀者の血を拭くこともせず、十兵衛三厳が手を出した。

「あかん。この笠作るのに手間暇と金かかってんねん。試し斬りなんぞされてたまるかいな」

一夜が断った。

「どのような感じか知っておきたい」

「郷に着いてからにしてえな」

「今、知りたい」

「ほんま剣のこととなったら、他のもんが見えへんなるなあ。わたいの命を守る道具やでこれ」

「吾がおれば……」

「今も手裏剣撃たれたやないか。最初から手近、そのままもう一人を斬っておけばすむのに、わざわざ手前を残すなんぞ、技を自慢したい初心者と一緒やないか」

まだ執着する十兵衛三厳に一夜が厳しい言葉を投げた。

「……むっ」

まさにそのとおりなのだ。十兵衛三厳はなにも言い返すことができず、詰まるしかなかった。

「たしかに柳生は剣の家や。また、十兵衛はんはその才に恵まれている。人はどうしても好きなもの、得手なものに凝りたがるけどな、それでは世渡りでけへんで。ええ加減、辛抱を覚えなあかん。十兵衛はんもそうやけど、左門友矩はん、但馬守、主膳と皆そうや。己が思っていることが正しい、すべてやと思いこむ。柳生の血、いいや呪いやな」

「……おまえもそうだろう」

痛いところを突かれた十兵衛三厳が一夜に反撃した。

「あいにくやな。わたいも柳生の血は流れてても、育ちが違う。氏より育ちと言うやろう。武士《ぶし》やから剣を学ぶ、剣が強ければよき武士《もののふ》やという考えはもう古い。戦《いくさ》のない泰平の世や、武士は無駄飯食いになりつつある」

「…………」

「黙ってるというのは、思い当たることがあるんやろ。武力がすべての世は終わった。いや、徳川はんが終わらそうとしている。力を認めれば、豊臣と同じ末路を取るとわかってはる。なんのために惣目付が外様大名を潰して回ったんや。徳川はんは将軍やけど大名でもある。今の公方さまを見てもわかるやろ。弟はんと危うくお家騒動を起こすところやった。いくら力のある大名家でもお家騒動をしたら、力は落ちる。その隙を次の天下人を夢見る者が、狙わんとは言えん」

「……そうだな」

言われた十兵衛三厳が苦い顔をして首肯した。

家光と弟駿河大納言《するがだいなごん》徳川忠長《ただなが》との三代将軍の座を巡っての争いは、忠長が優位に立っていた。聡明《そうめい》で見た目も麗しい忠長に、二代将軍秀忠《ひでただ》、正室お江《ごう》の方、多くの幕臣が付き、口下手で暗い性格をしていた家光には春日局《かすがのつぼね》とわずかな幕臣しか味方はいなかったのだ。

「長幼の序こそ、将軍家の正統なり」

隠居していた初代将軍家康が、そう言って家光が跡継だと宣言しなかったら、まちがいなく騒動になった。

もし忠長を三代将軍にしたら、徳川の正統を疑うとして、家光を旗印にして兵を起こす大名が出る可能性は高い。

「謀反人を討て」

幕府にしてもこれは言いにくい。家光が長男で、忠長はただ両親からかわいがられたというだけで、大義名分は相手にある。

「将軍に疑義あり」

朝廷がどちらに付くかによっては、忠長が簒奪者《さんだつしゃ》にもなりかねない。そうなれば勝つのは家光のほうだ。しかし、そうやって勝利しても徳川家の力は大きく減じる。家光を担いだ大名たちに加増するのはもちろん、これからもそれらの言うことを聞かなければならなくなる。

さらに忠長側に立った者たちの動向も確認し続けることになる。負けた側は何一つ要求できないのだ。臥薪嘗胆《がしんしょうたん》ではないが、だからといって心のなかまで折れたかどうかはわからない。面従腹背の者たちを抱えての政《まつりごと》は厳しい。

「これからの柳生は旗本やない。公方さまの顔色を窺《うかが》うだけが仕事ではなくなる。それにかまけて内政をおろそかにしたら、一万石なんぞ、三年で借金漬けやで。金がなければ大名の体面は保てず、愛用の刀も売らざるを得なくなった剣術遣いなんぞ、馬鹿にされるだけやで」

「ああ」

十兵衛三厳が力なくうなずいた。

「剣にだけ生きたいのなら、大名ではなく旗本に戻りはったらええ。領地のことは用人なり、代官なりに任せて、送られてくる金だけで遣《や》り繰《く》りすればなんとかなる。ただし、柳生家の体面はなくなるし、二度と出世もでけへん。未来永劫《えいごう》柳生は旗本のままでいくことになる。これからの世のなかは、金があるなしで将来が上下する」

「金のことはわからん」

「算盤を習いとまでは言わんけど、帳面くらい読めるようにならな、但馬守と同じ目に遭うで。商人が十人いてたら五人はあくどい、三人は能がない、まともなんは二人」

「たった二人か」

十兵衛三厳が驚いた。

「その二人を探し出すくらいの努力はしてえな。それだけで財政は二割ようなる。たぶん、ああ、但馬守が馬鹿せえへんかったらの話やけど、江戸屋敷の収支はぎりぎり足らんくらいになってるはずや」

「一夜が手を入れてもか」

「出すのを抑えるのは簡単やねんけどな。でも限界がある。人は生きていくだけでも、米や薪炭や、油や、衣服やと金がかかる。倹約っちゅうのは無駄な費えをなくすだけ。ものの値段があがったら、たちまち破綻するていどやと心得といて」

驚愕した十兵衛三厳に一夜が説明した。

「ものの値段はあがるのだな」

「泰平になったんや。明日死ぬかもしれん、殺されるかもという恐怖がなくなって、代わりに余裕ができる。そうなると腹一杯になればというのがうまいものを食いたいになり、裸でなければいいと思っていたのが絹をまといたいになる。ようするに贅沢やな。まあ、唐物を売っている淡海屋の者《もん》が言うのはなんやけど、数百両する茶碗《ちゃわん》や掛け軸が右から左で売れるようになってる」

「生きていくのに必須なもの以外に値打ちが出ている」

「そうや。贅沢が世のなかに染みて来ている」

十兵衛三厳の呟きを一夜は認めた。

「戦があったときの軍役なんぞ守ってたら、あっちゅう間に落ちる」

「軍役は整えねばならぬ。これは大名の義務だ」

一夜の言葉を十兵衛三厳が否定した。

「たしかにそうや。でも人を雇うということは、ずっとそれだけの禄を支払うことになる。固定された支出や。その残りで大名はやっていかなあかん。物価の上昇についていかれへん大名は、金借りることになる。そして借金には利子が付く。百両が一年で百二十両に、二年で百四十四両や。それでもそこで返せたらええ。十年ほっといたらざっと六百両をこえる。返せるか」

「無理だ。百両の金が足らぬ者が六百両出せるはずもなし。出せるようなら、最初から金は借りぬ」

　十兵衛三厳が首を左右に振った。

「わかってくれたようや」

　ほっと一夜が安堵の息を吐いた。

「それを但馬守はわからんかった。いや、わかってたんやろうけど、捨てた子供に指摘されるのが嫌になったんやろうなあ。わたいも遠慮せんと傷口えぐったし」

　一夜が苦笑した。

「一応、柳生家ができる収入向上策は但馬守に渡してある。でも、現状しか見いひん人やからなあ、どこまで本気で取り組むか。松木はんに任しても五分くらいやろうなあ、なんとかなるのは。主膳なんぞにさしたらかえって損が出る」

「その策というのは国元でもできるのか」

「もちろんや。江戸でないとあかん策もあるけど、将軍家剣術指南役という面目が邪魔するやろうなあ」

「どういう策だ」

「道場へ来る者から一律で束脩《そくしゅう》を取れっちゅう」

「それは無理だな。将軍家剣術指南役とは天下の剣術なのだ。金を取って教えるという商い道場にはできぬ」

十兵衛三厳が一夜の策を否定した。

「いずれ取るようになると思いますけどなあ。将軍家剣術指南役が形骸になってるようやし。公方さまのお稽古なんぞ滅多におまへんやろ」

「……恥じ入る。吾が公方さまに厳しい稽古を強いた」

「公方さまに遠慮なく叩きこんで、ご勘気を被ったと」

「若気の至りであった」

「今でもしはりそうですけどな」

反省する十兵衛三厳に一夜が正直な感想を口にした。

「さて、そろそろ行きましょ。郷ではすることが山ほどありますねん」

「さっき申していた収入を増やすものか」

「そうです。でも、その前に……」

確認する十兵衛三厳に一夜が首を縦に振りつつ、一拍の間を空けた。

「その前に……なんだ」

十兵衛三厳が怪訝な顔をした。

「左門はん、どうしますねん。上使はんの言うとおりにしてもらわなあかんのでっせ。もう郷に縛り付けておくわけにはいきまへん」

「……行くぞ」

暴れ馬の手綱を放すことになるという一夜の懸念に十兵衛三厳が歩き始めた。

「速すぎたら、付いていけまへんと言いましたやろ」

文句を言いながら、一夜も立ちあがった。

小学館文庫
好評既刊

勘定侍 柳生真剣勝負〈一〉 召喚

上田秀人

ISBN978-4-09-406743-9

大坂一と言われる唐物問屋淡海《おうみ》屋の孫・一夜は、突然現れた柳生家の者に御家を救えと、無理やり召し出された。ことは、惣《そう》目《め》付《つけ》の柳生宗矩《むねのり》が老中・堀田加《か》賀守《がのかみ》より伝えられた、四千石の加増にはじまる。本禄と合わせて一万石、晴れて大名となった柳生家。が、大名を監察する惣目付が大名になっては都合が悪い。案の定、宗矩は役目を解かれ、監察される側に立たされてしまう。惣目付時代に買った恨みから、難癖をつけられぬよう宗矩が考えた秘策が一夜だったのだ。しかしなぜ召し出すのが商人なのか？　廻国中の柳生十兵衛も呼び戻されて。風雲急を告げる第１弾！

小学館文庫
好評既刊

勘定侍 柳生真剣勝負〈二〉 始動

上田秀人

ISBN978-4-09-406797-2

弱みは財政――大名を監察する惣目付《そうめつけ》の企てから御家を守らんと、柳生家当主の宗矩《むねのり》は、勘定方を任せるべく、己の隠し子で、商人の淡海《おうみ》屋《や》一夜《かずや》を召し出した。渋々応じた一夜だったが、柳生の庄で十兵衛に剣の稽古をつけられながらも石高を検分、殖産興業の算盤を弾く。旅の途中では、立ち寄った京で商談するなどそつがない。が、江戸に入る直前、胡乱《うろん》な牢人らに絡まれ、命の危機が迫る……。三代将軍・家光から、会津藩国替えの陰役を命ぜられた宗矩。一夜の嫁の座を狙う、信濃屋の三人小町。騙し合う甲賀と伊賀の忍者ども。各々の思惑が交錯する、波瀾万丈の第２弾！

小学館文庫
好評既刊

勘定侍 柳生真剣勝負〈三〉 画策

上田秀人

ISBN978-4-09-406874-0

大坂商人から柳生家の勘定方となった淡海《おうみ》一《かず》夜《や》。当主の宗矩《むねのり》から百石を毟《むし》り取り、江戸屋敷で暮らしはじめたのはいいが、ずさんな帳面を渋々改めているなか、伊賀忍の佐夜を女中として送り込まれ、さらには勘定方の差配まで任される始末。そのうえ、温かい飯をろくに食べる間もなく、柳生家出入りの大店と商談しなければならないのだ。一方、老中の堀田加《か》賀守《がのかみ》は妬心を剝き出しに、柳生の国元を的にする。他方、一夜の祖父・七右衛門は、孫を取り戻すべく、柳生家を脅かす秘策を練る。三代将軍・家光も底意を露わにし、一夜と柳生家が危機に陥り……。修羅場の第３弾！

小学館文庫
好評既刊

勘定侍 柳生真剣勝負〈四〉 洞察

上田秀人

ISBN978-4-09-407046-0

女中にして見張り役の伊賀忍・佐夜を傍に、柳生家勘定方の淡海《おうみ》一夜《かずや》は、愚痴りながら算盤《そろばん》を弾いていた。柳生家が旗本から大名となったお披露目に、お歴々を招かねばならぬのだ。手抜かりがあれば、弱みを握られてしまう宴席に、一夜は知略と人脈を駆使する。一方、柳生家改易を企み、一夜を取り込まんとしたが、失敗に終わった惣目付の秋山修《あきやましゅ》理亮《りのすけ》は、ある噂を耳にし、再び甲賀組与力組頭の望月土佐を呼び出す。さらに柳生の郷では、三代将軍家光が寵愛する友矩《とものり》に、老中・堀田加賀守《かがのかみ》が送り込んだ忍の魔手が迫る！　一夜の策は功を奏すのか？　間一髪の第４弾！

小学館文庫
好評既刊

勘定侍 柳生真剣勝負〈五〉
奔走

上田秀人

ISBN978-4-09-407117-7

柳生家の瓦解を企む老中・堀田加賀守《かがのかみ》が張り巡らせた罠をことごとくすり抜けた、勘定方の淡海《おうみ》一夜《かずや》。なおも敵に体勢を立て直す余裕を与えまいと、不意打ちの如く加賀守の屋敷まで赴き、驚愕の密約を持ちかけた。三代将軍・家光の寵愛《ちょうあい》を独り占めにしたい加賀守。一刻も早く士籍を捨て帰坂、唐物問屋を継ぎたい一夜。互いに利を見出す密約の中身とは？　一方、十兵衛は柳生の郷を出て大坂へと向かい、宗矩《むねのり》は家光から命じられた会津藩加藤家への詭計を画策する。さらに一夜をともに慕う、信濃屋の長女・永和《とわ》と女伊賀忍・佐夜が、相まみえる！　乾坤一擲《けんこんいってき》の第５弾！

小学館文庫
好評既刊

死ぬがよく候〈一〉 月

坂岡 真

ISBN978-4-09-406644-9

さる由縁《ゆえん》で旅に出た伊坂八郎兵衛は、京の都で命尽きかけていた。「南町の虎」と恐れられた元隠密廻り同心も、さすがに空腹と風雪には耐え切れず、ついに破《や》れ寺《でら》を頼り、草鞋《わらじ》を脱いだ。冷えた粗菜にありついたまではよかったが、胡散臭《うさんくさ》い住職に恩を着せられ、盗まれた本尊を奪い返さねばならぬ羽目に。自棄《やけ》になって島原の廓《くるわ》に繰り出すと、なんと江戸で別れた許嫁《いいなずけ》と瓜二つの、葛葉《くずのは》なる端女郎《はしじょろう》が。一夜の情を交わした翌朝、盗人どもを両断すべく、一条戻橋《いちじょうもどりばし》へ向かった八郎兵衛を待ち受けていたのは……。立身《たつみ》流の秘剣・豪撃《こわうち》が悪党を乱れ斬る、剣豪放浪記第1弾！

小学館文庫
好評既刊

人情江戸飛脚 月踊り

坂岡真

ISBN978-4-09-407118-4

どぶ鼠の伝次は余所様《よそさま》の隠し事を探る商売、影聞きで食べている。その伝次、飛脚を商う兎屋の主で、奇妙な髷《まげ》に傾《かぶ》いた着物をまとう粋人の浮世之介にお呼ばれされた。瀟洒《しょうしゃ》な棲家《すみか》狢亭《むじなてい》に上がると、筆と硯《すずり》を扱う老舗大店の隠居・善左衛門が――。倅の嫁おすまに悪い虫がついたらしく、内々に調べてほしいという。「首尾よく間男と縁を切らせたら、手切れ金の一割、千両なら百両を払う」と約束する隠居に、生唾を飲み込む伝次。ところが、思わぬ流れとなり、邪な渦に☒み込まれ……。風変わりで謎の多い浮世之介とともに弱きを救い、悪に鉄槌《てつつい》を下す、痛快無比の第1弾！

小学館文庫
好評既刊

春風同心十手日記〈一〉

佐々木裕一

ISBN978-4-09-406843-6

定町廻り同心の夏木慎吾が殺しのあったという深川の長屋に出張ってみると、包丁で心臓を刺されたままの竹三が土間で冷たくなっていた。近くに女物の匂い袋が落ちていたところを見ると、一月前に家を出ていった女房おくにの仕業らしい。竹三は酒癖が悪く、毎晩飲んでは、暴力をふるっていたらしいのだ。岡っ引きの五郎蔵や女医の華山らに助けを借りて探索をはじめた慎吾だったが、すぐに手詰まってしまい……。頭を抱えて帰宅した慎吾の前に、なんと北町奉行の榊原忠之が現れた!?　しかも、娘の静香まで連れているのは、一体なぜ？　王道の捕物帳、シリーズ第１弾！

――本書のプロフィール――

本書は、小学館文庫のために書き下ろされた作品です。

小学館文庫

勘定侍《かんじょうざむらい》 柳生《やぎゅう》真剣勝負《しんけんしょうぶ》〈六〉
欺瞞《ぎまん》

著者 上田秀人《うえだひでと》

二〇二二年十月十一日　初版第一刷発行

発行人　石川和男
発行所　株式会社　小学館
〒一〇一-八〇〇一
東京都千代田区一ツ橋二-三-一
電話　編集〇三-三二三〇-五九五九
　　　販売〇三-五二八一-三五五五
印刷所——中央精版印刷株式会社

この文庫の詳しい内容はインターネットで24時間ご覧になれます。
小学館公式ホームページ　https://www.shogakukan.co.jp

ISBN978-4-09-407188-7